台灣の讀者の皆さんへのコメント

海を越えて旅したことのない私の書いた小說が、
海を越えて多くの讀者の皆樣のもとに届いていることを、
心から嬉しく思っています。
この作品も、どうぞお樂しみいただけますように！

致親愛的台灣讀者

從未出國旅行的我，
這次很高興自己寫的小說能跨海與許多讀者見面，
希望這部作品能帶給您無上的閱讀樂趣。

宮部みゆき

怪

あやし

宮部美幸

宮部みゆき

高詹燦——譯

宮部美幸

作品集／67

MIYABE MIYUKI

怪

Contents

總導讀——傅博

宮部美幸的推理文學世界「增補版」

日本當代國民作家宮部美幸

近年來在日本的雜誌上，偶爾會看到尊稱宮部美幸爲國民作家。怎樣才能榮獲這個名譽呢？好像沒有確切的答案，然而綜觀過去被尊稱爲國民作家的作家生涯便不難看出國民作家的共同特徵。

明治維新（一八六八）一百多年以來，被尊稱爲國民作家的爲數不多，夏目漱石和吉川英治是最早期的國民作家。夏目漱石是純文學大師，其作品具大眾性，一九一六年逝世至今，已歷九十年，其作品在書店仍然可見，代表作有《我是貓》、《少爺》等等。吉川英治是大眾文學大師，其作品有濃厚的思想性，對二次大戰戰敗的日本國民發揮了鼓舞的作用，其著作等身，代表作有《宮本武藏》、《新．平家物語》等等。

屬於戰後世代的國民作家有松本清張和司馬遼太郎。松本清張是社會派推理文學大師，其寫作範圍十分廣泛，除了推理小說之外，對日本古代史研究、挖掘昭和史等，留下不可磨滅的貢獻。司馬遼太郎是歷史文學大師，早期創作時代小說，之後撰寫歷史小說和文化論。這兩位作家的共同特徵是，著作豐富、作品領域廣泛、質與量兼俱。他們的思想對一九六〇年代後的日本文化發揮了影響力。

上述四位之外，日本推理小說之父江戶川亂步、時代小說大師山本周五郎，以及文學史上創作量最多、男女老少人人喜愛的赤川次郎也榮獲國民作家的尊稱。

綜觀以上的國民作家，其必備條件似乎是著作豐富、多傑作；作品具藝術性、思想性、社會性、娛樂性、普遍性；讀者不分男女，長期受到廣泛的老、中、青、少、勞動者以及知識分子的閱讀。

宮部美幸出道至今未滿二十年，共出版了四十三部作品，包括四十萬字以上的巨篇八部、長篇二十四部、中篇集四部、短篇集十三部，非小說類有繪本兩冊、隨筆一冊、對談集一冊。以平均每年出版兩冊的數量來說，在日本並非多產作家，但是令人佩服的是，其寫作題材廣泛、多樣，品質又高，幾乎沒有失敗之作。所獲得的文學獎與同世代作家相較，名列第一，該得的獎都拿光了。質的成功與量成比例，是宮部美幸文學的最大武器，也是獲得國民作家之稱的最大因素。

宮部美幸，本名矢部美幸，一九六〇年十二月二十三日生於東京都江東區深川。東京都立墨田川高中畢業之後，到速記學校學習速記，並在法律事務所上班，負責速記，吸收了很多法律知識。一九八四年四月起在講談社主辦的娛樂小說教室學習創作。

一九八七年，〈鄰人的犯罪〉獲第二十六屆《ＡＬＬ讀物》推理小說新人獎，〈鎌鼬〉獲第十二屆歷史文學獎佳作。一位新人，同年以不同領域的作品獲得兩種徵文比賽獎項實爲罕見。

前者是透過一名少年的觀點，以幽默輕鬆的筆調記述和舅舅、妹妹三人綁架小狗的計畫所引發的意外事件，是一篇以意外收場取勝的青春推理佳作，文風具有赤川次郎的味道。後者是以德川幕府時代的江戶（今東京）爲時空背景的時代推理小說。故事記述一名少女追查試刀殺人的凶手之經過，全篇洋溢懸疑、冒險的氣氛。

要認識一位作家的本質，最好的方法就是閱讀其全部的作品。當其著作豐厚，無暇全部閱讀時，則是先閱讀其處女作，因爲作家的原點就在處女作。以宮部美幸爲例，其作品裡的偵探，不管是系列偵探或個案偵探，很少是職業偵探，大多是基於好奇心，欲知發生在自己周遭的事件眞相，而做起偵探的業餘偵探，這些主角在推理小說是少年，在時代小說則是少女。其文體幽默輕鬆，故事收場不陰冷而十分溫馨，這些特徵在其雙線處女作之中已明顯呈現。

繼處女作之後的作品路線，即須視該作家的思惟了；有的一生堅持一條主線，不改作風，只追求同一主題，日本的推理小說家大多屬於這種單線作家——解謎、冷硬、懸疑、冒險、犯罪等各有專職作家。

另一種作家就不單純了，嘗試各種領域的小說，屬於這種複線型的推理作家不多，宮部美幸即是罕見的複線型全方位推理作家。她發表不同領域的處女作——推理小說和時代小說——同時獲得肯定，登龍推理文壇之後，此雙線成爲宮部美幸的創作主軸。

一九八九年，宮部美幸以《魔術的耳語》獲得第二屆日本推理懸疑小說大獎，拓寬了創作路線，由此確立推理作家的地位，並成爲暢銷作家。

宮部美幸作品的三大系統

這次宮部美幸授權獨步文化出版社，發行台灣版「宮部美幸作品集」二十七部（二十三部中有四部分為上下兩冊），筆者以這二十三部為主，按其類型分別簡介如下。

要完整歸類全方位作家宮部美幸的作品實非易事，然其作品主題是推理則毋庸置疑。筆者綜合故事的時空背景以及現實與非現實的題材，將它分為三大系統。第一類為推理小說，第二類時代小說，第三類奇幻小說，而每系統可再依其內容細分為幾種系列。

一、推理小說系統的作品

宮部美幸的出道與新本格派崛起（一九八七年）是同一時期，早期作品除可能受此影響之外，文體、人物設定、作品架構等，可就是受到赤川次郎的影響了。所以她早期的推理小說大多屬於青春解謎的推理小說；許多短篇沒有陰險的殺人事件登場，大多是以日常生活中的家庭糾紛為主題，屬於日常之謎系列的推理小說不少。屬於本系列的有：

1.《鄰人的犯罪》（短篇集，一九九〇年一月出版）收錄處女作以及之後發表的青春推理短篇四篇。早期推理短篇的代表作。

2.《完美的藍——阿正事件簿之一》（長篇，一九八九年二月出版／獨步文化版．宮部美幸作品集01——以下只記集號）「元警犬系列」第一集。透過一隻退休警犬「阿正」的觀點，描述牠與現在的主人——蓮見偵探事務所調查員加代子——的辦案過程。故事是阿正和加代子找到離家出走的少年，在將少年帶回家的途中，目睹高中棒球明星球員（少年的哥哥）被潑汽油燒死的過程。在搜查過程中浮現的製藥公司的陰謀是什麼？「完美的藍」是藥品名。具社會派氣氛。

3.《阿正當家——阿正事件簿之二》（連作短篇集，一九九七年十一月出版／16）「元警犬系列」第二集。收錄〈動人心弦〉等五個短篇，在第五篇〈阿正的辯白〉裡，宮部美幸以事件委託人登場。

4.《這一夜，誰能安睡？》（長篇，一九九二年二月出版／06）「島崎俊彥系列」第一集。透過中學一年級生緒方雅男的觀點，記述與同學島崎俊彥一同調查一名股市投機商贈與雅男的母親五億圓後，接獲恐嚇電話、父親離家出走等事件的眞相，事件意外展開、溫馨收場。

5.《少年島崎不思議事件簿》（長篇，一九九五年五月出版／13）「島崎俊彥系列」第二集。在秋天的某個晚上，雅男和俊男兩人參加白河公園的蟲鳴會，主要是因爲雅男想看所喜歡的工藤小姐一眼，但是到了公園門口，卻碰到殺人事件，被害人是工藤的表姊，於是兩人開始調查眞相，發現事件背後的賣春組織。具社會派氣氛。

6.《無止境的殺人》（長篇，一九九二年九月出版／08）將錢包擬人化，由十個錢包輪流講自己所見的主人行爲而構成一部解謎的推理小說。人的最大欲望是金錢，作者功力非凡，藉由放錢的錢包揭開十個不同的人格，而構成解謎之作，是一部由連作構成的異色作品。

7.《繼父》（連作短篇集，一九九三年三月出版／09）「繼父系列」第一集。一個行竊失風的小偷，摔落至一對十三歲雙胞胎兄弟家裡，這對兄弟的父母失和，留下孩子各自離家出走，於是兄弟倆要求小偷當他們的爸爸，否則就報警，將他送進監獄，小偷不得已，承諾兄弟倆當繼父。不久，在這奇妙的家庭裡，發生七件奇妙的事件，他們全力以赴解決這七件案件。典型的幽默推理小說集。

8.《寂寞獵人》（連作短篇集，一九九三年十月出版／11）「田邊書店系列」第一集。以第三人稱多觀點記述在田邊舊書店周遭所發生的與書有關的謎團六篇。各篇主題迥異，有命案、有日常之謎、有異常心理、有懸疑。解謎者是田邊舊書店店主岩永幸吉和孫子稔。文體幽默輕鬆，但是收場不一定明朗，有的很嚴肅。

9.《誰？》（長篇，二〇〇三年十一月出版／30）「杉村三郎系列」第一集。今多企業集團會長今多嘉親之司機梶田信夫被自行車撞死，信夫有兩個未出嫁的女兒，聰美與梨子。梨子向今多會長提議，要出版父親的傳記，以找出嫌犯。於是，今多要求在集團廣報室上班的女婿杉村三郎協助姊妹倆出書事務。聰美卻反對出書，杉村認爲兩姊妹不睦，藏有玄機，他深入調查，果然……

10.《無名毒》（長篇，二〇〇六年八月出版／31）「杉村三郎系列」第二集。今多企業集團廣報室臨時僱用的女職員原田泉與總編吵架，寄出一封黑函後，即告失蹤。原田的性格原來就稍有異常，今多會長要求杉村三郎調查眞相。杉村到處尋找原田的過程中，認識曾經調查過原田的私家偵探北見一郎，之後杉村在北見家裡遇到「隨機連環毒殺案」第四名犧牲者的孫女古屋美知香，於是捲入毒殺事件的漩渦中。杉村探案的特徵是，在今多會長叫他處理公務上的糾紛過程中，因其正義感使他去解決另外的事件。

以上十部可歸類爲解謎推理小說，而從文體和重要登場人物等來歸類則是屬於幽默推理、青春推理爲多。屬於這個系列的另有以下兩部。

11.《地下街之雨》（短篇集，一九九四年四月出版／66）。

12.《人質卡農》（短篇集，一九九六年一月出版）。

以下九部的題材、內容比較嚴肅，犯罪規模大，呈現作者的社會意識。有懸疑推理、有社會派推理、有報導文體的犯罪小說。

13.《魔術的耳語》（長篇，一九八九年十二月出版／02）獲第二屆日本推理懸疑小說大獎的社會派推理傑作。三起看似互不相干的年輕女性的死亡案件，和正在進行的第四起案件如何演變成連續殺人案。十六歲的少年日下守，爲了證實被逮捕的叔叔無罪，挑戰事件背後的魔術師的陰謀。宮部美幸早期代表作。

14.《Level 7》（長篇，一九九〇年九月出版／03）一對年輕男女在醒來之後失去記憶，手臂上被印上「Level 7」；一名高中女生在日記留下「到了 Level 7 會不會回不來」之後離奇失蹤。尋找自我的男女，和尋找失蹤女高中生的眞行寺悅子醫師相遇，一起追查 Level 7 的陰謀。兩個事件錯綜複雜，發展爲殺人事件。宮部後期的奇幻推理小說的先驅之作、早期代表作。

15.《獵捕史奈克》（長篇，一九九二年六月出版／07）持散彈槍闖入大飯店婚宴的年輕女子關沼慶子、欲利用慶子所持的槍犯案的中年男子織口邦男、欲阻止邦男陰謀的青年佐倉修治、欲去探望臥病妻子的優柔寡斷的神谷尙之、承辦本案的黑澤洋次刑警，這群各有不同目的的人相互交錯，故事向金澤之地收束。是一部上乘的懸疑推理小說。

16.《火車》（長篇，一九九二年七月出版）榮獲第六屆山本周五郎獎。停職中的刑警本間俊介受親戚栗坂和也之託，尋找失蹤的未婚妻關根彰子，在尋人的過程中，發現信用卡破產猶如地獄般的現實社會，是一部揭發社會黑暗的社會派推理傑作，宮部第二期的代表作。

17.《理由》（長篇，一九九八年六月出版）二〇〇一年榮獲第一百二十屆直木獎和第十七屆日本冒險小說協會大獎。東京荒川區的超高大樓的四十樓發生全家四人被殺害的事件。然而這被殺的四人並非此宅的住戶，而這四人也不是同一家族，沒有任何血緣關係。他們為何偽裝成家人一起生活？他們到底是什麼人？又想做什麼？重重的謎團讓事件複雜化，事件的眞相是什麼？一部報導文學形式的社會派推理傑作。宮部第二期的代表作。

18.《模仿犯》（百萬字長篇，二〇〇一年四月出版）同時榮獲第五十五屆每日出版文化獎特別獎，二〇〇二年同時榮獲第五屆司馬遼太郎獎和二〇〇一年度藝術選獎文部科學大臣獎文學部門獎。在公園的垃圾堆裡，同時發現女性的右手腕與一名失蹤女性的皮包，不久凶手打電話到電視公司和失主家中，果然在凶手所指示的地點發現已經化為白骨的女性屍體，是利用電視新聞的劇場型犯罪。不久，表面上連續殺人案一起終結，之後卻意外展開新局面。是一部揭發現代社會問題的犯罪小說，宮部文學截至目前為止的最高傑作，推理文學史上的不朽名著。

19.《R．P．G》（長篇，二〇〇一年八月出版／22）在食品公司上班的所田良介於杉並區的建築工地被刺死，在他的屍體上找到三天前在澀谷區被絞殺的大學女生今井直子身上所發現的同樣纖維，於是兩個轄區的警察組成共同搜查總部，而曾經在《模仿犯》登場的武上悅郎則與在《十字火焰》登場的石津知佳子連袂登場。是一部現今在網路上流行的虛擬家族遊戲為主題的社會派推理小說。

宮部美幸的社會派推理作品尚有：

20.《刑警家的孩子》（長篇，一九九〇年四月出版／65）。

21.《不需要回答》（短篇集，一九九一年十月出版／37）。

二、時代小說系統的作品

時代小說是與現代小說和推理小說鼎足而立的三大大眾文學。凡是以明治維新之前爲時代背景的小說，總稱爲時代小說或歷史．時代小說。

時代小說視其題材、登場人物、主題等再細分爲市井、人情、股旅（以浪子的流浪爲主題）、劍豪、歷史（以歷史上的實際人物爲主題）、忍法（以特殊工夫的武鬥爲主題）、捕物等小說。

捕物小說又稱捕物帳、捕物帖、捕者帳等，近年推理小說的範疇不斷擴大，將捕物小說稱爲時代推理小說，歸爲推理小說的子領域之一。捕物小說的創作形式是日本獨有，其起源比日本推理小說早六年。一九一七年，岡本綺堂（劇作家、劇評家、小說家）發表《半七捕物帳》的首篇作〈阿文的魂魄〉，是公認的捕物小說原點。

據作者回憶，執筆《半七捕物帳》的動機是要塑造日本的福爾摩斯——半七，同時欲將故事背景的江戶的人情和風物以小說形式留給後世。之後，很多作家模仿《半七捕物帳》的形式，創作了很多捕物小說。

由此可知，捕物小說與推理小說的不同之處是以江戶的人情、風物爲經，謎團、推理爲緯而構成的小說。因此，捕物小說分爲以人情、風物爲主，與謎團、推理取勝的兩個系統。前者的代表作是野村胡堂的《錢形平次捕物帳》，後者即以《半七捕物帳》爲代表。

宮部美幸的時代小說有十一部，大多屬於以人情、風物取勝的捕物小說。

22.《本所深川不可思議草紙》（連作短篇集，一九九一年四月出版／05）「茂七系列」第一集。榮獲第十三屆吉川英治文學新人獎。江戶的平民住宅區本所深川，有七件不可思議的事象，作者以此七事象爲題材，結合犯罪，構成七篇捕物小說。破案的是回向院捕吏茂七，但是他不是主角，每篇另有主角，大多是未滿二十歲的少女。以人情、風物取勝的時代推理佳作。

23.《幻色江戶曆》（連作短篇集，一九九四年八月出版／12）以江戶十二個月的風物詩爲題，結合犯罪、怪異構成十二篇故事。以人情、風物取勝的時代推理小說。

24.《最初物語》（連作短篇集，一九九五年七月出版，二〇〇一年六月出版珍藏版，增補一篇作品／21）「茂七系列」第二集。以茂七爲主角，記述七篇茂七與部下系吉和權三辦案的經過，作者在每篇另有記述與故事沒有直接關係的季節食物掌故，介紹江戶風物詩。人情、風物、謎團、推理並重的時代推理小說。

25.《顫動岩——通靈阿初捕物帳1》（長篇，一九九三年九月出版／10）「阿初系列」第一集。破案的主角是一名具有通靈能力的十六歲少女阿初，她看得見普通人看不見的東西，而且一般人聽不到的聲音也聽得到。某日，深川發生死人附身事件，幾乎與此同時，武士住宅裡的岩石開始顫動。這兩件靈異事件是否有關聯？背後有什麼陰謀？一部以怪異取勝的時代推理小說。

26.《天狗風——通靈阿初捕物帳2》（長篇，一九九七年十一月出版／15）「阿初系列」第二集。天亮颳起大風時，少女一個一個地消失，十七歲的阿初在追查少女連續失蹤案的過程中遇到邪惡的天狗。天狗的眞相是什麼？其陰謀是什麼？也是以怪異取勝的時代推理小說。

27.《糊塗蟲》（長篇，二〇〇〇年四月出版／19・20）「糊塗蟲系列」第一集。深川北町的鐵瓶大雜院發生殺人事件後，住民相繼失蹤，是連續殺人案？抑或另有陰謀？負責辦案的是怕麻煩的小官井筒平四郎，協助他破案的是聰明的美少年弓之助。本故事架構很特別，作者先在冒頭分別記述五則故事，然後以一篇長篇與之結合，構成完整的長篇小說。以人情、推理並重的時代推理傑作。

28.《終日》（長篇，二〇〇五年一月出版／26．27）「糊塗蟲系列」第二集。故事架構與第一集一樣，在冒頭先記述四則故事，然後與長篇結合。負責辦案的是糊塗蟲井筒平四郎，協助破案的除了弓之助之外，回向院茂七的部下政五郎也登場，作者企圖把本系列複雜化，或許將來作者會將幾個系列納爲一人系列。也是人情、推理並重的時代推理小說。

以上三系列都是屬於時代推理小說。案發地點都在深川，但是每系列各具特色，有以風情詩取勝，也有以人際關係取勝，也有怪異現象取勝，作者實爲用心良苦。宮部美幸另有四部不同風格的時代小說。

29.《扮鬼臉》（長篇，二〇〇二年三月出版／23）深川的料理店「舟屋」主人的獨生女阿鈴發燒病倒，某日一個小女孩來到其病榻旁，對她扮鬼臉，之後在阿鈴的病榻旁連續發生可怕又可笑的不可思議的事，於是阿鈴與他人看不見的靈異交流。一部令人感動的時代奇幻小說佳作。

30.《怪》（奇幻短篇集，二〇〇〇年七月出版／67）。

31.《鎌鼬》（人情短篇集，一九九二年一月出版）。

32.《忍耐箱》（人情短篇集，一九九六年十一月出版／41）。

33.《孤宿之人》（長篇，二〇〇五年出版／28．29）。

三、奇幻小說系統的作品

史蒂芬・金的恐怖小說和奇幻小說《哈利波特》成為世界暢銷書後，原處於日本大眾文學邊緣的奇幻小說獲得成長發展的機會，漸漸確立其獨立地位，而宮部美幸的奇幻小說就在這欣欣向榮的機運中誕生。她的奇幻作品特徵是超越領域與推理小說結合。

34.《龍眠》（長篇，一九九一年二月出版／04）榮獲第四十五屆日本推理作家協會獎的長篇獎。週刊記者高坂昭吾在颱風夜駕車回東京的途中遇到十五歲的少年稻村慎司，少年告訴記者：「我具有超能力。」他能夠透視他人心理，慎司為了證明自己的超能力，談起幾個鐘頭前發生的事件眞相，從此兩人被捲入陰謀。是一部以超能力為題材的奇幻推理傑作，宮部早期代表作。

35.《十字火焰》（長篇，一九九八年十一月出版／17・18）青木淳子具有「念力放火」的超能力。有一天她撞見了四名年輕人欲殺害人，淳子手腕交叉從掌中噴出火焰殺害了其中的三個人，另一個逃走了。勘查現場的石津知佳子刑警，發現焚燒屍體的情況與去年的燒殺案十分類似。也是一部以超能力為題材的奇幻推理大作。

36.《蒲生邸事件》（長篇，一九九六年十月出版／14）榮獲第十八屆日本SF大獎。尾崎孝史為了應考升學補習班上京，其投宿的飯店發生火災，因而被一名具有「時間旅行」的超能力者平田次郎搭救到一九三六年二月二十六日的二・二六事件（近衛軍叛亂事件）現場，兩名來自未來的訪客能否阻止起義而改變歷史？也是一部以超能力為題材的奇幻推理大作。

37.《勇者物語——Brave Story》（八十萬字長篇，二〇〇三年三月出版／24・25）念小學五年級的三谷亘的父母不和，正在鬧離婚，有一天他幻聽到少女的聲音，決心改變不幸的雙親命運，打開幽靈大廈的門，進入「幻界」到「命運之塔」。全書是記述三谷亘的冒險歷程。一部異界冒險小說大作。

除了以上四部大作之外，屬於奇幻小說的作品尚有以下四部：

38.《鴿笛草》（中篇集，一九九五年九月出版）。

39.《僞夢1》（中篇集，二〇〇一年十一月出版）。

40.《僞夢2》（中篇集，二〇〇三年三月出版）。

41.《ＩＣＯ——霧之城》（長篇，二〇〇四年六月出版）。

以上三十九部是小說。另有四部非小說類從略。

如此將宮部美幸自一九八六年出道以來，一直到二〇〇五年底所出版的作品，歸類爲三系統後，再按時序排列，便很容易看出作者二十年來的創作軌跡，也可預見今後的創作方向。請讀者欣賞現代，期待未來。

二〇〇七・十二・十二

本文作者簡介

傅博

文藝評論家。另有筆名島崎博、黃淮。一九三三年出生，台南市人。於早稻田大學研究所專攻金融經濟。在日二十五年以島崎博之名撰寫作家書誌、文化時評等。曾任推理雜誌《幻影城》總編輯。一九七九年底回台定居。主編「日本十大推理名著全集」、「日本推理名著大展」、「日本名探推理系列」以及「日本文學選集」（合計四十冊，希代出版）。二〇〇九年出版《謎詭・偵探・推理——日本推理作家與作品》（獨步文化），是台灣最具權威的日本推理小說評論文集。

導讀——張亦絢

進入「宮部美幸館」，就是進入最具原創力與當下性的新新羅浮宮

宮部美幸並不是不容錯過的推理作家——她是不容錯過的作家。她不只值得我們在休閒時光中，一飽推理之福，也為眾人締造了具有共同語言的交流平台，讓我們得以探討當代的倫理與社會課題。

在這篇導讀中，我派給自己的任務，是在高達六十餘部作品中，挑出若干作品，介紹給兩類讀者，一是還未開始閱讀宮部美幸者；二是面對她龐大的創作體系，雖曾閱讀一二，但對進一步涉獵，感到難有頭緒的讀者。

入門：名不虛傳的基本款

在入門作品上，我推薦《無止境的殺人》、《魔術的耳語》與《理由》。

《無止境的殺人》：對於必須在課業或工作忙碌時間中，抽空閱讀的讀者，短篇集使我們可以自行調配閱讀的節奏——小說其實具備我們在小學時代都曾拿到過的作文題目旨趣：假如我是×××——本作可看成「假如我是某某的錢包」的十種變奏。擬人化的錢包是敘述者。如何在看似同一主題下，變化出不同的內容，本作也有「趣味作文與閱讀」的色彩，是青春期讀者就適讀的想像力之作。短篇進階則推《希望莊》。從短篇銜接至較易讀的長篇，《逝去的王國之城》則是特

別溫馨的誠摯之作。

《魔術的耳語》：這雖不是作者的首作，卻是作者在初試啼聲階段，一鳴驚人的代表作。北上次郎以〈閱讀小說的最高幸福〉讚譽，我隔了二十年後重讀，依然認爲如此盛讚，並非過譽。媚工、心智控制、影像——分別代表了古老非正式的「兩性常識」、傳統學科心理學或醫學、以至商業新科技三大面向的操縱現象及後遺症——這三個基本關懷，會在宮部往後的作品，比如《聖彼得的送葬隊伍》中，不斷深入。雖是作者的原點之作，也已大破大立。

《理由》：與《火車》同享大量愛好者的名作；雖然沒有明顯資料顯示，是枝裕和的《小偷家族》受到《理由》一書的影響，但兩者除了有所相通，寫於一九九九年的《理由》更是充分顯露宮部美幸高度預見性天才的作品。住宅、金融與土地——社會派有興趣的主題，偶爾會得到若干作家略嫌枯燥的處理——《理由》則以「無論如何都猜不到」的懸疑與驚悚，令人連一分鐘也不乏味地，就看完了批判經濟體系的上乘戲劇。說它是「推理大師爲你／妳解說經濟學」，還是稍微窄化了這部小說。除了推理經典的地位之外，也建議讀者在過癮的解謎外，注意本作中，無論本格或社會派中，都較少使用的荒謬諷刺手法。

冷門？尺度特別的奇特收穫

接著我想推三部有可能「被猶豫」的作品，分別是：《所羅門的僞證》、《落櫻繽紛》、與《蒲生邸事件》。

《所羅門的僞證》：傳統的宮部美幸迷，都未必排斥她的大長篇，比如若干《模仿犯》的讀者非但不抱怨長度，反而倍受感動。分成三部、九十萬字的《所羅門僞證》可能令人遲疑，節奏太慢？眞有必要？事實上，後兩部完全不是拖拉前作的兩度作續，三部都是堅實縝密的推理。最後一部的模擬法庭，更是將推理擴充至校園成長小說與法庭小說的漂亮出擊：宮部美幸最厲害的「對腦也對心說話」，更是發揮得淋漓盡致。此作還可視爲新世紀的「青春冒險小說」。說到冒險，過去的未成年人會漂到荒島或異鄉，然而現代社會的面貌已大爲改變：最危險的地方，就在「哪都不能去」的學校家庭中。誰會比宮部美幸更適合寫青春版的「環遊人性八十天」？少年少女之於宮部美幸，恰如黑猩猩之於珍古德，或工人之於馬克斯，三部曲可說是「最長也最社會派的宮部美幸」。

《落櫻繽紛》：「療癒的時代劇」，本作的若干讀者會說。但我有另個大力推薦的理由，我認爲，這是通往，小說家從何而來的祕境之書。除了書前引言與偶一爲之的書名，宮部美幸鮮少吊書袋。然而，若非讀過本書，不會知道，她對被遺忘的古書與其中知識的領悟與珍視。如果想知道，小說家讀什麼書與怎麼讀，本書絕對會使你／你驚豔之餘，深受啓發。

《蒲生邸事件》：儘管「蒲生邸」三字略令人感到有距離，然而，融合奇幻、科幻、歷史、愛情元素的本作，卻可說是一舉得到推理圈內外矚目，極可能是擁護者背景最爲多元的名盤。如果對「二二六事件」等歷史名詞卻步，可以完全放下不必要的擔憂。跳脫了「你非關心不可」與「你知道也沒用」兩大陣營的簡化教條，這本小說才會那麼引人入勝。我會形容本書是「最特殊也最親民的宮部美幸」。

以上三部，代表了宮部美幸最恢宏、最不畏冷門與最勇於嘗試的三種特質，它們有那麼一點點專門的味道，但絕對值得挑戰。

中間門：看似一般的重量級

最後，不是只想入門、也還不想太過專門——介於兩者之間的讀者，我想推薦《誰？》、《獵捕史奈克》與《三鬼》三本。

《誰？》：小編輯與大企業的千金成婚，隨時被叫「小白臉」的杉村三郎成爲系列作中，業餘到專業的偵探。看似完全沒有犯罪氣氛的日常中，案中案、案外案——至少有三案會互相交織連鎖——其中還包括一向被認爲不易處理的陳年舊案。喜歡生活況味與懸疑犯罪的兩種讀者，都容易進入；宮部美幸還同時展現了在《樂園》中，她非常擅長的親子或手足家庭悲劇。動機遠比行爲更值得了解——這不但是推理小說的法則，也是討論道德發展的基本認識：不是故意的犯罪、不得已的犯罪與不爲人知的犯罪，爲何發生？又如何影響周邊的人？除了層次井然，小說還帶出了「少女勞動者會被誰剝削？」等記憶死角。儘管案案相連，殘酷中卻非無情，是典型「不犯罪外，也要學會自我保護與生活」的「宮部伴你成長」書。

《獵捕史奈克》：主線包括了《悲嘆之門》或《龍眠》都著墨過的「復仇可不可？」問題。節奏快、結局奇，曾在《魔術的耳語》中出現的「媚工經濟」，會以相反性別的結構出現。本作是在各種宮部之長上，再加上槍隻知識的亮眼佳構。光是讀宮部美幸揭露的「槍有什麼」，就已值回票價——何況還有離奇又合理的布局，使得有如公路電影般的追逐，兼有動作片與心理劇的力道。雖然不同年齡層的男人互助，也還是宮部美幸筆下的風景，但此作中宮部美幸對女性的關愛，已非零星或一閃而過，而有更加溢於言表的顯現。

《三鬼》：《本所深川不可思議草紙》的細緻已非常可觀，《三鬼》驚世駭俗的好，並不只是深刻運用恐怖與妖怪的元素。它牽涉到透過各式各樣的細節，探討舊日本的社會組織與內部殖民。以兼作書名的〈三鬼〉一篇為例，從窮藩栗山藩到窮村洞森村，令人戰慄的不只是「悲慘世界」，而是形成如此局面背後「不知不動也不思」的權力系統。這是在森鷗外〈高瀨舟〉與〈山椒大夫〉譜系上，更冷峻、更尖銳也可說更投入的揭露——看似「過去事」，但弱勢者被放逐、遺棄、隔離並產生互殘自噬的課題，可一點都不「過去式」。雖然此作最令我想出聲驚呼「萬萬不可錯過」，不代表其他宮部的時代推理，未有其他不及詳述的優點。

透過這種爆發力與續航性，宮部美幸一方面示範了文學的敬業；在另方面，由於她的思考結構具有高度的獨立性與社會批判力，也令人發覺，她已大大改寫了向來只強調「服從與辦事」的「敬業」二字的涵意。在不知不覺中，宮部美幸已將「敬業」轉化為一系列包含自發、游擊、守望相助精神的傳世好故事。

進入「宮部美幸館」，就是進入最具原創力與當下性的新新羅浮宮。

本文作者簡介

張亦絢

巴黎第三大學電影及視聽研究所碩士。早期作品，曾入選同志文學選與台灣文學選。另著有《我們沿河冒險》（國片優良劇本佳作）、《晚間娛樂：推理不必入門書》、《小道消息》、《看電影的慾望》，長篇小說《愛的不久時：南特／巴黎回憶錄》（台北國際書展大賞入圍）、《永別書：在我不在的時代》（台北國際書展大賞入圍）。二〇一九年起，在BIOS Monthly撰寫影評專欄「麻煩電影一下」。

打盹殉情

享保（一七一六～一七三六年）初年，在江戶市街上，才短短一年半便連續發生四起俗稱「手巾殉情」的殉情案件。

四起案件都是男女雙方以手巾綁住彼此的手，不讓彼此分開，投水自盡。當中有三起，男女一起共赴黃泉，唯獨最後一起案件，雙方在投水時手巾鬆脫，男方不自主地划水游了起來，撿回一命。那名倖存的男子懊悔地說，要是沒用當下流行的手巾，而是遵照殉情的慣習，以腰繩帶綁住彼此的手，就不會獨自苟活於世了，救他的人聞言也不禁動容。

所謂當下「流行的手巾」，就是先前那三起殉情案件中所用之物，由當時位於日本橋通油町的一家木棉染手巾批發店製造，是獨家販售的商品。這是一家批發店，原本只做批發生意，不經手染布裁縫的工作。說起來，這位店主是風雅之人，會在顏色圖案上投注巧思，縫製少量手巾，在盂蘭盆節和歲末拜訪老主顧時分送，算是爲嗜好而作。沒想到大獲好評，店主暗忖，這樣或許能成爲一門生意，於是對外販售，竟出奇成功。當中最吃驚的，莫過於店主本人。

世上一切事物會成功皆有原因。這家店的手巾，設計別具匠心。以爲「物語圖案」爲趣旨，將《源氏物語》、《伊勢物語》、《御伽草子》等故事的場景畫成圖案，染上手巾。若想做得精巧，還是以戀愛故事的場景爲首選，尤其是向來深獲民眾喜愛的《源氏物語》。先前提及的四起殉情案件，男女雙方用來綁住彼此手腕的，全是《源氏物語》圖案的手巾。

最後共赴黃泉的三起殉情案件中，用的分別是以〈若紫〉、〈浮舟〉、〈明石〉爲題材繪製的手巾。失敗的第四起殉情案件用的手巾，據說是以〈夕顏〉爲題材（註），圖案和夕顏（牽牛花）的花朵都是採單輪車樣式，彷彿只有其中一方會留下，十足落寞的設計。

姑且不論這一點，殉情或相約自殺是明令禁止的行爲，雖然以未遂收場，但接連發生四起案件，逼得幕府不得不採取行動。儘管當時尚未展開加強管束的政令改革，原本理應是實用物品的手巾，卻添加不必要的奢華設計，公開販售，而且還激起男女相約殉情的念頭，幕府追究責任，將製作手巾的木棉布批發店主流放外島，財產悉數充公，店鋪他這一代倒閉。從結果來看，他爲這項嗜好付出的代價眞不小。

世人很快便忘卻此事。然而，物語圖案的染色手巾一事，悄悄在同業之間口耳相傳下去。既是一種訓示，讓人明白從商的正道該以何爲重，同時成爲茶餘飯後的軼聞，道出染色手巾這項工藝品的妙趣，所以就算有哪家店主或老闆娘津津樂道，也不足爲奇。

話說，時光荏苒，轉眼已是文化四年（一八〇七年）——

「『大黑屋』是對夥計管教甚嚴的店家，你在那邊想必會比較辛苦。不過，從結果來看，最初嚴格一點，往後日子才會輕鬆。最重要的是，只要你待得下去，不管換到哪裡工作都不成問題。人們常說，年輕人就該多吃點苦，一點也沒錯。想輕鬆過日子，最快的捷徑便是認眞工作。明白了嗎？你千萬別忘。」

送銀次前往通瀨戶物町的木棉布批發商「大黑屋」時，萬年屋老闆那光禿渾圓的腦袋微往右偏，語重心長地叮囑道。銀次有個二哥，多次請老闆介紹到其他店家當夥計，但總是待不久，最後過著遊手好閒的生活，也不知道目前人在哪裡晃蕩。此刻銀次聽到老闆這番話，感覺就像在挖苦二哥，內心一沉。

萬年屋是位於大傳馬町一丁目的人力仲介商，雖然是只有老闆一人的小店，但從大傳馬町一帶開始，一路到室町、寶町、駿河町、日本橋通町，爲數眾多的木棉布批發商長期以來都是由他介紹員工，信譽十足。講這位老闆壞話的人，就算往大川沿岸茂密的蘆葦叢裡找，也保證找不到。

銀次的母親年輕時曾受這位老闆關照，在工作的店家邂逅銀次的父親，兩人共結連理，之後陸續生下六個孩子，如今爲了送孩子們出外工作，再度前來請萬年屋老闆幫忙。銀次母親驚訝地說，明明過了十五年的歲月，老闆一點都沒變，簡直跟妖怪一樣。

五年前，銀次的大哥在萬年屋的安排下，進入大傳馬町一丁目的「柏屋」工作，不久前終於當上正式夥計，似乎頗受重用。二哥則如同前述，十分不像樣，抵銷大哥所有的優異表現，要不是萬

註：〈若紫〉、〈浮舟〉、〈明石〉、〈夕顏〉皆爲《源氏物語》的篇章名稱，也是與主角光源氏關係密切的女子的名字。

年屋老闆的信譽好，恐怕沒人肯僱用銀次。

銀次今年十四歲，是家中的三男，底下還有兩個妹妹和一個弟弟。姑且不論年幼的弟弟，妹妹都已是可幫人帶孩子或出外當女侍的年紀，爲了不妨礙她們日後找工作，他得認眞工作才行。銀次雖然是個孩子，但自認抱持堅定的決心，被人特別叮囑「要認眞幹啊」，不免感到洩氣。

可能是這個緣故，實際到店裡工作後，比起擔憂、猜疑、逞強，銀次反到鬆了一口氣，不禁感到有趣。大黑屋確實是行事嚴格，規矩又多的店家，幾乎不把剛到店裡的童工當人看，連銀次的名字都記不住，每天都用一聲「喂」來使喚他。不過，只要是當夥計，這是每個人必經的過程，儘管每天都忙碌，累得筋疲力竭，內心卻十分平靜。

以前大哥在藪入（註）返家時提過，在他工作的店家，一些資深夥計總是作威作福，一副旁若無人的囂張模樣。大哥常遭年長的夥計虐待，動不動就不給飯吃、將他推落糞坑，或罩住棉被拳打腳踢，諸如此類，光聽就覺得大哥不是在大傳馬町的木棉布批發商工作，而是被關進大牢。但身在大黑屋的銀次沒遇上這種事，萬年屋老闆果然沒騙人，他說起初嚴格一點，往後日子才會輕鬆，指的就是這樣的情況吧。

大黑屋的店主夫婦都約四十五歲，一向親自坐鎮店內，俐落地指揮生意的大小事務。他們細心周到，目光遍及各個角落，是這家店能屹立不搖的原因之一。銀次想起萬年屋老闆曾說，大黑屋是由老爺掌舵，所以不會有問題，雖然還只是個孩子，銀次卻也隱約明白。

上一代當家在十年前退休，如今住在向島的別館，平日釣魚、寫俳諧，過著風雅的生活。銀次沒什麼機會見到這位老太爺，不過初春天氣不穩，老太爺感染風寒臥床，他跑腿的工作突然大增。多的時候一天三次，得往返通瀨戶物町和向島兩地，大部分是物品和書信的運送或領取，而這工作自然也就落在銀次身上，常前往向島跑腿。以夥計的身分來說，他還無法獨當一面，別人說一句「快去快回」，他就眞的一路奔跑，是個憨直的童工。因此，他見到了老太爺。對方是矮小清瘦的老翁，約莫是有病在身，臉色暗沉發青，眼皮浮腫。事後回想，或許不是感染風寒，而是患有其他重病。

話說，大黑屋有繼承人，是店主夫婦的獨生子，今年二十二歲，名喚藤一郎。據傳他在藤花盛開的季節誕生，是個五官鮮明，像人偶般漂亮的嬰兒。如今長大成人，仍是不辱美名的俊秀青年，日本橋通町一帶的年輕姑娘，看到他總會興奮得尖叫連連。

向島的老太爺自小對藤一郎對呵護備至，至今依舊疼愛。所以，爲了替臥病在床的老太爺打氣，少東家常前往向島。銀次到向島跑腿，平均每兩次就有一次與少東家同行。

這種時候，不知道是家教好的年輕人都會這麼做，還是藤一郎個性溫和，對年幼且不諳世事的銀次感到同情，總是特別親切。可能也是銀次認眞跑腿的態度令人感動吧。漸漸地，就算不需要銀次跑腿，少東家想前往向島也會把他找來，雨天時讓他撐傘，走夜路時讓他提燈籠，習慣帶著他同行。如此一來，比銀次資深的夥計當中，有人心生嫉妒頻頻找碴。銀次不認爲自己幫得上少東家什

註：江户時代商家的店員一年兩次的假日。

麼忙，甚至有種盛情難卻的困擾，不過，要拒絕別人的喜歡，比躲避別人的憎恨虐待困難。不得已，每次少東家叫喚，銀次只能乖乖跟隨。

與少東家同行時，常有年輕姑娘會主動打招呼。對方大多是帶著下女或年長女侍的小姐，應該都是某家商店的千金吧。起初銀次以為，她們是出外學才藝、購物、參拜，回程巧遇少東家，才開口問候一聲「哎呀，您好」，但隨著次數增加（尤其是「咦，是前天遇到的小姐，對了，之前也在這裡遇過……」之類的情形），他察覺可能是刻意安排的邂逅。對方知道少東家固定會前往向島，於是在路上等候。

銀次雖然還小，畢竟是男人，見少東家這般受女性歡迎，豈有不羨慕的道理。儘管明白人無法選擇出身，但相較含著金湯匙出生、外貌俊俏，從小到大沒吃過苦的少東家，與年紀輕輕就離鄉工作，總是忙得滿頭大汗的自己，銀次隱約理解二哥誤入歧途、遊手好閒的理由。

端午節剛過不久，一如往常去向島的別館探病時，銀次撞見老太爺和少東家激烈口角的場面，似乎是和生意有關。老太爺啞聲喊著「你太狂妄了」、「你還早十年呢」，語氣相當嚴厲，銀次大為吃驚，在一旁豎起耳朵偷聽。

雖然陪同少東家到別館，但銀次絕沒因此偷懶。別館有負責照顧老太爺的女侍和男傭，他們會引頸等候銀次從通瀨戶物町到來，然後馬上吩咐他後續該辦的事，約莫是店裡特別交代過，所以一樣有忙不完的工作。這天，銀次先汲水、砍柴，接著他們說「後院的矮竹長得太茂密，看了礙眼，你去砍乾淨」，交給他一把柴刀，把他趕進竹林裡。不得已，銀次只好忍耐著蟲子的叮咬，笨拙地揮動柴刀，就在這時，房裡傳來爭吵聲。

少東家提到手巾的事。大黑屋從未做過手巾的買賣，銀次不禁納悶。只聽到他們不斷談及染布，接著老太爺厲聲訓斥「囉嗦」。

「到底是誰鼓吹你的？話說回來，那件事最後是什麼下場，你曉得嗎？」

老太爺愈說愈激動。

「我知道。那家店倒閉了吧？但這是兩回事，財產會被充公，純粹是不巧遇上政令改革……」

「不，不對。」老太爺打斷少東家的話，「你聽好了，他們千不該萬不該，就是做出吸引男女殉情的東西。這原本就是椿錯事。這種生意就是不該做。」

「這樣說太奇怪了。」

少東家不甘示弱地反駁道。

「繫著染有物語圖案的手巾殉情，是使用者的決定，不是製作手巾者的錯。想製作暢銷商品，才是商人的眞心話吧。」

「批發商的工作不是製作商品。你搞錯了這一點，實在不像話。」

銀次專注聆聽他們的對話，忽然傳來女侍繞過後院走近的腳步聲。大概是見矮竹既沒搖晃，也沒傾倒，認爲銀次在摸魚，於是前來訓斥吧。銀次急忙掄起柴刀，把四周弄得沙沙作響，無法再聽清楚房裡的對話。

這天，返回店裡的路上，少東家一臉不悅。在西傾的春日餘暉下，銀次縮著肩默默緊跟少東家的步履，突然發現遠方的雜樹林裡，有一對過了節慶仍掛著沒收的鯉魚旗，心中頓時無比落寞。他想安慰少東家，卻不知該說什麼才好，而且感覺此刻不管說什麼，都無法說進他心坎裡。

從那天起，少東家便不曾前往向島探望。當眞是斷得乾脆，不再涉足該地。從女侍之間的傳言推測，老太爺曾叫少東家過去，但少東家似乎無意造訪。果然是那次口角留下了積怨。

不用再陪同少東家後，銀次重回忙碌的童工生活。

經歷梅雨季節，夏天的豔陽高掛，店裡的人還是不喚銀次的名字，但他挨罵的次數減少，只要工作到滿頭大汗，甚至能看見嚴肅的掌櫃露出笑容，這種日子飯吃起來特別香，筋疲力竭躺下後，連劣質的棉被也變得柔軟許多。夢中，萬年屋老闆和顏悅色地對他說「最快的捷徑就是認眞工作」。

七月底，有人上門談少東家的婚事。

以前也有人上門說媒，這次似乎是眞的談妥了，整個大黑屋瞬間感染了開朗的氣氛，顯得熱鬧滾滾。

對象是小石川傳通院前一家味噌批發商的千金，今年十六歲，名叫阿夏。他們家算是大黑屋老闆娘的親戚，老闆娘幾乎是從小看著阿夏長大。女侍們都說，這麼一來應該就不會有婆媳之爭，感到有些無趣。

此事來得突然，但後來逐漸聽聞內幕，銀次才明白，原來這是向島的老太爺的願望。老太爺來日無多，期望看到疼愛的孫子娶妻，成爲眞正能獨當一面的男人，如果趕得及，也希望能看到曾孫出世。

得知父親心願的大黑屋店主夫婦暗自盤算著，兒子惹得附近的年輕姑娘春心怒放，要是不早點成家，等日後闖下大禍就後悔莫及了。既然如此，與其在這些輕浮的姑娘當中找個兒子喜歡的娶進門，不如從熟識的親戚裡挑媳婦，造就一對郎才女貌的夫妻，才是明智之舉。

這兩個想法形成車子的雙輪，打一開始就進展順利。等同坐在輪子上的少東家，似乎對父母的安排沒有意見。銀次不再陪同少東家，所以平日不曾接近少東家，但聽過一些資深夥計或女侍的竊竊私語，他認爲少東家應該會很幸福，放下一顆心。之前在向島別館的那場爭吵，少東家約莫也感到歉疚，才會乖乖接受婚事，想讓老太爺開心。

不管怎樣，這都非常可喜可賀。少東家那麼親切待我，等我以夥計的身分眞正對店裡有貢獻，成爲店裡的重要人材，恐怕是少東家成爲當家之後的事了。在那之前，就當是在修行，雖然有許多不足之處，但我會認眞工作，爲店裡竭誠效忠——銀次心裡這麼想，感覺自己似乎變成熟了，不禁一陣欣喜。

然而……

八月中旬，兩家人談妥婚事，剛決定等新年一過就要成婚，卻發生一起荒唐事。原來少東家早有自己的女人。

而且對方是大黑屋的女侍，名叫阿春，今年二十六歲，在店內工作已有十二年之久。連掌管內宅事務的女侍總管都相當倚重她，是店裡的中堅分子，做事勤快。銀次平時鮮少受阿春照顧，行事俐落的阿春看起來很能幹，但對銀次這樣的新人來說，感覺不易親近。她不是長相亮眼的美人，膚色微黑，小而緊實的下巴總是緊緊往後縮。那對直視前方、無比認眞的眼眸，不像女侍，反而比較像善於經商、已能獨當一面的男夥計。

是阿春主動揭露此事。向來負責內宅事務的阿春，與老闆娘當面接觸的機會也多。某天她抓準機會，一邊放聲大哭，一邊道出實情。由於沒旁人在場，老闆娘聽完六神無主，急忙喚來女侍總管，而趕到的女侍總管同樣大爲慌亂，粗魯地一把抓住阿春肩頭，想將她拖出房外。不料，阿春甩開女侍總管的手，揚聲喊道：

「請不要亂來，我肚子裡有少東家的骨肉！」

老闆娘當場昏厥。好個厲害的伏兵，原來該提防的不是那些圍在少東家身邊討他歡心，尖叫連連的年輕姑娘，而是平日侍在少東家身旁照料他，與他共享悲喜，少言寡語，一步步攀上他心中那條山脊線的女侍。

店主聞言大爲震怒，將少東家喚來。少東家低頭坦白一切，承認如同阿春所言，兩人早在兩年前就發生關係。雖然曾試著斷絕關係，但因爲與她朝夕相處，還是藕斷絲連，持續至今。

儘管如此，少東家完全沒有娶阿春爲妻的念頭。他曾向阿春表明「我沒辦法娶妳」，每次阿春都會堅強地回答「我明白自己的身分」，讓他心安。然而，阿春沒告訴少東家懷孕的事。就道理來說，少東家認爲應該是他的孩子沒錯，但他並未感到欣喜，也沒有拒絕婚事，和阿春共結連理的意願。

雖然阿春令人同情，但世事就是如此。

在店裡引發風波的期間，銀次常想起以前母親提過的事。當初她在萬年屋老闆的介紹下前往店家當女侍，老闆神情嚴峻地耳提面命──要是妳不想誤入歧途，有項規矩一定要遵守，就是不可以愛上店裡的少東家。

聽說母親當時反問：如果沒愛上，自然沒問題，但要是被少東家看上，還對我下手，該怎麼辦？萬年屋老闆臉上不露半點笑意，嚴厲斥責「少東家不會愛上女侍，萬分之一的機會都沒有。就算他本人說『我愛上妳了』，也是誤會，絕不可能有這種事」，還認眞叮囑「就算對方可能對妳下手，店裡有那麼多人，只要妳做好心理準備，總有辦法保護自己。總歸一句話，妳不能放鬆對自我的約束，這點最重要」。

難道當初阿春不是在萬年屋的介紹下來到店裡？或者，她聽過就忘了？還是，在人生路上，愈是重要的教誨，在最重要的時刻愈會忘得一乾二淨？

最後，阿春被逐出店外。不過，阿春無處容身。考慮到少東家也有錯，加上阿春不是隻身一人，懷有身孕，不能拋下她不顧，於是在深川再過去一點的一座新開發的大島村，租下一戶農家，供她在足月生下孩子前暫住。生下的嬰兒由大黑屋收留，接下來會盡快找合適的人家，託對方養育。要是阿春答應不再接近少東家，也不打探孩子的下落，徹底死心，好好思考自己的出路，那麼，以後不管她去哪裡工作，大黑屋一概不過問，還會看在她服務十二年的份上，給她一筆銀兩──這是大黑屋基於最大的善意，向阿春開出的條件。

別無他法，阿春接受他們的條件。大黑屋店主夫婦爲人和善，光是肯聽阿春解釋，已是萬幸。以阿春下人的身分，就算被罵得狗血淋頭，不給分文，直接攆出店門，她也沒資格抱怨。

個性堅強的阿春從不示弱，但一開始道出祕密時展現的態度替她引禍上身，惹惱女侍總管，這表示在女侍總管底下工作的女侍都不會搭理她。於是在眾人冰冷的視線下，阿春悄悄搬往大島村的那戶農家。她逃也似地從後門離開，女侍總管便朝後門撒鹽，這一幕銀次全瞧在眼裡。

「眞是厚顏無恥，明明年紀都一大把了，還色誘少東家，根本是貪圖這家店的財產，才沒那麼簡單。她肚裡的孩子，也不知道是不是少東家的種。」

銀次心想，事已至此，實在沒必要這樣責怪阿春，但旋即又改變想法，或許女人對這種事特別嚴苛。阿春確實做了不該做的事。以她那筆直的眼神，做了一個不該有的夢。不該放鬆的自我約束，她鬆懈了。

解決阿春這個燙手山芋後，少東家的婚事繼續進行。這麼一來，阿春彷彿打一開始就不存在店裡。大家不是忘了阿春，而是將她這個人刪除，以求安心。

有時銀次郎會納悶，這眞的是少東家想要的結果嗎？將懷有他子嗣的阿春趕走，迎娶別的姑娘爲妻，這種事銀次絕對辦不到。少東家一定會想起阿春，也很在意嬰兒吧。有一次，銀次說出他的想法，惹來店裡同伴的訕笑：

「要是有錢有勢，又受女人歡迎，眾多女人任君挑選，就不會執著於阿春了。」

「可是，少東家應該喜歡過阿春吧？」

「又不是喜歡才會上床。在行魚水之歡的時候，就算沒半點感情，還不是一樣照做？男人就是如此。連這一點都不懂，可見你只是個小鬼。」

銀次突然對身爲大黑屋的一分子感到厭惡。即使一直留在大黑屋當夥計，等歲月流逝，少東家繼承這家店，成了當家，變得威儀十足，銀次始終都抬頭仰望其威光，還是不會忘了阿春，也不會忘了阿春的嬰兒。在幸福的少東家背後，想必會呈現出阿春清瘦的黑影，及她抱在懷中的嬰兒，脖子軟弱無法固定的影子。在銀次這個年紀，還沒有足夠的智慧能淡然地說一句「男人就是如此」，偏偏目睹了阿春形同被掃地出門的離去背影，實在是不走運。

如果還能出外跑腿，就能順道去萬年屋一趟，告訴老闆這件事。那位老闆一定會指點迷津，告訴他這種情況該怎麼做才好。

銀次不斷思索著此事，在秋老虎的烈陽下過日子。某天，當他獨自在倉庫外圍打掃時，少東家悄聲無息地走近。聽到叫喚聲，銀次驚訝地跳了起來。

「抱歉，嚇到你了。我想拜託你一件事。」

少東家穿著一件時下流行的葫蘆搭蝙蝠的條紋圖案、略顯華麗的衣服，頭上梳了小小的髮髻，像是刻意搭配他的小臉。自從婚事談妥後，少東家似乎更有男人味了。

「稍後我會叫你，請你送東西去芝口的內藤家，到時候就應聲『好』，直接出門。這趟跑腿要辦的事，是歸還先前我向內藤叔叔借的歌本。」

少東家一口氣說完這串話，查看一下四周，朝銀次走近，壓低聲音道：

「不過，眞正要辦的不是這件事。我要請你跑一趟大島村，去阿春住的地方。」

銀次不禁雙目圓睜。少東家注視著他，點點頭。

「我要你去看看她的近況。等等我會吩咐一聲，你幫我把衣物交給她。可以順便傳話嗎？就說這是我的一點心意。」

銀次思索著該怎麼回答，好不容易才開口：「這麼做，眞的沒關係嗎？」

少東家露出窩囊的笑容，「我爹娘恐怕是不准吧，但我覺得很愧疚……」

少東家露出衣袖的白皙雙臂盤在胸前，低垂著頭。

「最近我幾乎每晚都夢見阿春，她臉色蒼白地坐在我的枕邊。」

阿春明明還沒死，卻講得像鬼故事。

「那約莫是生靈（註）吧。想必她很恨我，因爲我等於是玩弄後拋棄她。早知如此，當初眞不該和她往來。」

少東家此刻的反應，與其說是悲傷，更接近害怕。銀次這才注意到，少東家昏暗的雙瞳，一直避開銀次的目光，緊盯著他的腳邊。好似一個傾斜的大甕，水源源不絕地溢流而出，他口中不斷吐出話語，說個沒完。

「自從她與我發生關係，不時會說一些奇怪的話，例如『雖然不能在這個世界結爲連理，到了另一個世界就能緊緊相依』，或是『男女會結合，是彼此從小腳底就有記號的緣故，所以無法使其分開，要是強行拆散，兩人都會死』。她是很可怕的女人，嘴上說不奢望能當我的妻子，但我不清楚她心底眞正的想法。對了，她還知道不少事。不曉得是從哪裡打聽來的，她告訴我以前有一家批發商，靠販售男女殉情用的染布手巾賺進大把銀子……那故事相當有趣，我認爲要是老走在爹鋪平的道路上，實在沒意思，打算試著開拓自己的生意，才會在向島和爺爺討論染布手巾的生意是否可行，卻挨爺爺狠狠一頓訓，甚至大吵一架。我把這件事告訴阿春後，她也非常生氣。如今她每晚站在我的枕邊，臉上的神情和當時的怒容一模一樣，所以我害怕極了。這樣下去，她一定不會原諒我。」

在向島發生的那場口角，原來是這麼回事啊。不過，少東家今天爲何這麼多話？就算沒刻意告訴我阿春是可怕的女人，我也會答應替他跑腿。銀次根本不想聽這些話。

「小的明白了。」銀次極力恭敬回答。「可是，少東家，小的不知道阿春姊在大島村的住處。」

「哦，不用擔心，我在包袱裡放了地圖。你會認字吧？」

今年夏初，銀次開始向比他資深的夥計學讀書寫字和打算盤。

「是的，平假名大致都會了。」

「那就拜託你了。」

少東家躡手躡腳地走回主屋。銀次茫然望著那莫名清瘦的背影。

註：活人靈魂出竅。

稍後，少東家果然喚他過去。銀次依言替他跑腿，假裝前往芝口，途中折返。去大島村得越過大川，位在比深川更遠的地方。

他快步行走，一面伸手在出門前接下的包袱裡掏找。折疊整齊的衣服當中，夾著一張手繪地圖。這件衣服和少東家剛才穿的一樣，是葫蘆搭蝙蝠的條紋圖案。記得是團十郎在舞台上的服裝，由於大獲好評，成爲流行的圖案。阿春要是有這麼華麗的衣服，旁人不就馬上知道是少東家送的嗎？更重要的是，少東家是請誰縫製的？

坦白說，這天銀次從早就疲憊不堪。不光今天，十天來都是如此。原因無他，每晚睡前銀次都在練習打算盤。銀次喜歡讀書寫字，但算盤一直學不來，與和他一同學習的童工相比，兩人在學習速度上的差異，就像一個大步跑，一個在地上爬。負責指導的夥計很嚴厲，將銀次臭罵一頓，銀次不服輸，利用睡眠時間反覆練習。有月亮的夜晚不需要點燈，若是沒月亮的暗夜，來到點著燈的後門，就能在沒人打擾的情況下盡情練習打算盤。

如此日夜操勞，當然會累積疲勞。白天幫忙店裡工作倒還好，但每當獨自一人打掃，或是核對帳冊和倉庫裡的布匹數目，銀次就會不自覺打起盹，常是頭垂落後才猛然驚醒。

此刻，他同樣沒有說話的對象，拖著沉重的步伐，走著走著逐漸感到眼皮沉重。爲了避免睡著，銀次盡可能用跑的。從日本橋通瀨戶物町前往芝口，與前往大島村相比，究竟哪一邊比較遠，銀次不清楚，不過就地圖來看，行經深川猿江町的米倉，再過去是一片空白，沒畫任何顯眼的建築，應該幾乎都是水田吧，而大島村在更過去的地方。雖說是新開發的市街，其實是鄉下地方，最好還是加快腳步。

好不容易抵達大島村，果然和預料的一樣，放眼望去盡是農田，馬和牛悠哉地吃草，飄來濃濃的水肥氣味，踏在腳下的泥土觸感柔軟。入秋的炎陽高懸，藍天顯得更高更遠，清澈無垠。

銀次途中向除草的人問路，馬上得知阿春租屋的所在位置。對這一帶的村民來說，有外人出現十分稀罕。對方指向一幢稻草屋頂的平房，位在寬廣的農田中央，宛如遺世獨立。跟被趕出大黑屋時的阿春一樣，孤單又落寞。

阿春不可能在此獨居，至少會派一名下女伺候。走近屋子後，銀次站在圍籬前環視四周，感覺不出有人。在他揚聲叫喚前，會不會有人先走出，發現他的到來？

但完全沒人。不得已，銀次只好走進圍籬內，規矩地踩在平坦的踏腳石上，繞往看得見爐灶的地方。

屋內靜悄悄的。

「有人在嗎？」

無人應聲。

「有人在嗎？我是從瀨戶物町到這裡送東西的。」

一片死寂。

銀次坐在廚房土間（註）的入門台階上，嘆了口氣，倚向一旁的屋柱。好累，該怎麼辦才好？要直接將少東家吩咐的包袱擱在這裡嗎？不過，收取的一方會不知道是怎麼回事。要是阿春不知道這是什麼，就不會原諒少東家，緩和心中的怒氣，也不會停止出現在少東家的惡夢裡。

這樣做還不夠。銀次不是在袒護少東家，但確實有點同情。雖然阿春也很令人同情，不過心懷怨恨無濟於事，銀次已有辨別是非的智慧。他想辦妥少東家交代的事，減輕少東家的歉疚。雖然還只是個孩子，銀次畢竟是男人。

銀次起身，回到踏腳石一帶附近查看。四周寬闊的農田裡，有少許人和牛的身影，但他實在沒有足夠的氣力跑過去，詢問他們是否知道這屋裡的住戶上哪去了。

銀次回到廚房，在土間坐下，心想：稍微等一下吧，阿春或許帶著下女出外散步。在這種偏鄉之地，買罐髮油都得跑一趟深川。在此稍候，不久她就會回來。因爲阿春沒其他地方可去。

坐在土間無比涼快，銀次抬起發痠的雙腳，緩緩閉上眼，長長吁了口氣，放鬆全身。一陣睡意襲來，那舒服的感覺，彷彿在引誘他入眠，在渾然未覺的情況下，他宛如喝足母奶的嬰兒，闔眼睡去。

接著，他做了個夢。

銀次站在漆黑的暗夜中，往一處不知名的深淵窺望。比起頭頂的幽暗，腳下的深淵明亮許多，潭水碧光閃耀。看起來清澈冰冷的潭水。

一對男女仰身浮在水面上，緩緩漂來。從前方遙遠的暗處，朝銀次的腳下漂來。

那是少東家和阿春。

兩人身上的衣服，都是葫蘆搭蝙蝠的條紋圖案，並以手巾緊緊繫住雙方的手。他們閉著雙眼，像在沉睡，表情無比安詳。漂至銀次腳下時，阿春浸泡在水中的髮髻微微鬆脫，頭髮猶如又黑又長的水藻，在水中蕩漾。

銀次屏氣注視著這一幕，阿春忽然睜開眼。某處傳來嘩啦嘩啦的水聲。

銀次蜷縮身子，頓時驚醒。當他發現自己完全熟睡後，嚇出一身冷汗，心臟跳得又快又急。到底睡了多久？與剛才相比，太陽似乎沒西沉多少，應該只睡著片刻，但他不確定。腦袋一片迷糊，加上靠著屋柱，背部痠疼不已。

「有人在家嗎？」

到底回來了沒？爲了掩飾難爲情，銀次扯開嗓門叫喊。聲音傳向廚房挑高的天花板，消失無蹤。

「有人在嗎？阿春姊，妳在家嗎？」

這時，與廚房隔著一條短廊的紙門對面，迸出年輕女子的笑聲。

銀次鬆了口氣。有人在家，想必是看銀次舒服地坐著打盹，刻意不叫醒他吧。雖然難爲情，但這麼一來就能交差了，眞是謝天謝地。銀次將擱在一旁的包袱抱在胸前，脫下鞋子，從土間走進屋內。

「不好意思，我要進屋嘍。」

註：日式房屋入門處，沒鋪木板的黃土地面。

銀次朗聲通報，朝紙門走近，打開門後，又說了聲「抱歉」，輕輕伸手搭在門上。門檻像是上過油，幾乎不用出力就自動滑開。

眼前是六張榻榻米大的房間，擺著小小的衣櫃、置物櫃，牆邊有衣架、火盆、鐵壺。

正中央躺著一對男女，姿態凌亂。

女子仰躺，那張臉是阿春沒錯。男子俯臥，但就算沒靠近細看，光憑微微側向一旁的高挺鼻梁，銀次便知道是少東家。

阿春的雙眼帶著笑意。至少從她眼中，看不出一絲面對突發事故的驚訝之色。

少東家的左腕與阿春的右腕，緊緊繫著一條風格奇特的紫染手巾，末端隱約有著白花般的圖案。由於繫得太緊，少東家和阿春的皮膚都變色了。

他們斷氣了嗎？不，一定早就斷氣了。可是，派銀次前來的少東家，怎會搶先一步死在這裡？

少東家身上是之前在店內穿的那件衣服，阿春也是同樣圖案的衣服。這就怪了，銀次是專程送這套圖案的衣服前來。沒收下銀次抱在胸前的包袱，阿春理應無法穿上這件葫蘆搭蝙蝠圖案的衣服。

對了，這是夢，我還在做夢。銀次如此暗忖。我以爲已醒來，其實仍在打瞌睡。

耳畔傳來嗡嗡振翅聲，一隻蒼蠅飛來。掠過銀次鼻端的蒼蠅，彷彿迷了路，繞個圈停在阿春圓睜的雙眸上。

再度迸出一陣年輕姑娘的笑聲。

銀次的束縛倏地解開。雖然認爲這是夢，銀次卻渾身發顫，手中的包袱掉落在地。他大叫一聲，連滾帶爬地衝出房外，套上鞋，落荒而逃。

銀次拔腿狂奔，一路衝回通瀨戶物町，即使上氣不接下氣，仍沒停下腳步，就像遭到凶神追逐。途中多次有木戶番（註）叫住他，但他太過害怕，不敢停步。有人大聲叫喚著，在後頭追趕，銀次無暇回頭望。不久，在跨越大川的永代橋前，有人從背後撲來，銀次跌倒在地。

「喂，小鬼，你沒事吧？瞧你口吐白沫，到底是怎麼了？你在躲什麼嗎？說來聽聽吧。」

這名男子鎮定地詢問。仔細一看，對方長著一張國字臉，年過四十。銀次的牙關不住打顫，緊盯著他。男子表明是管理這一帶的捕快，面帶苦笑地說：你眞是飛毛腿，把我的兩手下遠遠甩在後頭。

「要是你跑上橋，噗通跳進河裡就麻煩了。小鬼，怎麼了？你被狐仙耍了嗎？深川這一帶狐仙挺多的。」

圍在一旁看熱鬧的群眾當中，有人出言調侃「可是老大，散發濃濃脂粉味的狐仙要勾引這個小鬼，還嫌太早吧」。

豆大的淚珠從銀次眼中滾落。他連話都說不好，一開口吐出的根本不像人話。接著，他淚如雨下，簌簌發抖，待回過神，已放聲大哭。

註：江户的各個街町都會設置木門，入夜後關上，並由木户番看守。

之後，銀次發高燒病倒，沒回大黑屋，暫時由萬年屋老闆收留。他高燒夢囈整整三天三夜，儘管退燒，卻沒恢復正常，等到能正常說話，足足耗費十天之久，萬年屋老闆擔心不已。

在永代橋東出手解救銀次的善心捕快，不是粗心的莽夫，並未直接將銀次說的話轉告大黑屋。銀次那發狂似地奔逃模樣，他同樣沒輕鬆看待。他認爲銀次當時的情況非比尋常，於是前往大島村的那戶人家查看，也在大黑屋附近打聽關於阿春的風評。經過一番調查後，捕快才來到好不容易能夠起身的銀次面前，告知此事。

「那個叫阿春的女人，沒住在那幢屋子裡。」捕快說。「不過，屋裡也沒有你看到的屍體。她被送往那裡不久，便趁夜逃走，消失蹤影。大黑屋安排陪同的下女，在阿春的吩咐下，早回老家去了。聽那名下女所述，阿春打一開始就不打算安分待著，常忿忿不平地表示一定要離開那裡。」

銀次打了個寒顫，萬年屋老闆替他披上棉袍。

「還有，大黑屋的少東家一切安好。」捕快臉色凝重，「他沒殉情。可能是在父母面前的緣故，即使我告訴他你出狀況，他仍是一副毫不知情的模樣。只不過……」

捕快搔抓著寬闊的下巴，抬眼瞄一下萬年屋老闆。老闆回了他一個眼色。

「只不過怎樣？老大，請告訴我。」銀次問。

捕快嘆口氣，說道：

「我去見大黑屋的少東家時，他的左腕上有青紫色的瘀血，像是被什麼勒緊的痕跡，形成一圈。」

銀次不禁閉上眼。

萬年屋老闆淡淡地說：「銀次還是離開大黑屋比較好。」

他的口吻十分冷漠。

「發生這種狀況，那家店包準不會有好事。別擔心，我會幫你另找工作。」

「小鬼，世上就是這麼多狀況啊。」捕快說著，嘴角輕揚。

到頭來，在大島村那戶人家看到的景象，到底是夢、是某種象徵，還是某種徵兆？銀次始終不明白。少東家後來一切安好，在新年迎娶阿夏為妻。

當時銀次已換工作。萬年屋老闆認爲他應該不想在這附近工作，於是幫他安排到位於駿河台下的一家藥鋪行。新工作既嚴格又有趣，而且，或許是萬年屋老闆的細心考量，這家店的繼承人是獨生女，已有店內夥計出身、個性沉著的女婿，氣氛穩定，感覺溫馨又安心。銀次繼續學習讀書寫字和打算盤，但不再勉強熬夜苦學。

——那年夏天，你在大島村的那幢屋裡打瞌睡，做了一場噩夢。你就當是這樣吧。

銀次沒忘了捕快說過的話，從此不敢再打瞌睡。

改到駿河台下工作兩年後，某次返家探親時，銀次從同樣自大傳馬町的柏屋返家的大哥口中得知，大黑屋的少東家夫婦在上個月身亡。兩人一如往常走進寢室，早上卻一直不見起床，於是女侍前往查看，發現兩人死在床上，倒臥血泊中，身旁有一把像是從廚房取來的菜刀。沒人猜得出他們自殺的原因，而且小老闆娘還懷有身孕。大黑屋的老闆娘心痛不已，臥病不起。

銀次聞言，內心一陣顫慄，但他沒在母親面前顯露惶恐。只是，有件事得向大哥確認。

「他們有沒有用手巾纏住腕間？」

這我就不清楚了——大哥回答。接著，他同情地說：「兩人殉情後，原本病情便起伏不定的向島老太爺，旋即撒手人寰，大黑屋眞是屋漏偏逢連夜雨」。

銀次暗忖，那年夏天的事已結束。我經歷的究竟是一場噩夢，還是未來的預兆，就算弄不明白也無妨。從結果來看，阿春終於達成心願了，但如果這麼想，恐怕會把阿春引來，於是銀次急忙用力甩頭，將這個想法逐出腦中。

萬年屋老闆曾說，發生這種狀況，那家店包準不會有好事，果然沒錯。過了約莫半年，大黑屋好似泥牆遇水崩塌，以歇業收場。他們一家人搬離後，新屋主查看屋況發現，雖然外觀富麗堂皇，地板下的托梁已嚴重腐朽，最後決定搗毀重建。

在那之後，銀次便沒再靠近過通瀨戶物町。他不打瞌睡，討厭華麗的條紋圖案，也不穿戴物語圖案的衣服或手巾，成爲獨當一面的男人，在藥鋪行裡認眞效力。

影牢

是的，沒錯。在深川六間堀町的蠟批發商「岡田屋」擔任大掌櫃的松五郎，正是在下。在這種下著綿綿細雨的日子，蒙您專程來訪，非常感謝。

您是磯部大人嗎？恕在下冒昧，您看起來真年輕啊。您想打聽關於岡田屋的事……哦，您今年二十一歲，這麼說來，您和久一郎先生同年，應該屬龍吧。您知道久一郎先生？不過，商人之子竟能結識如此尊貴的武士大人，不曉得當初是在哪裡認識的……

哦？是，千代小姐。您認識千代小姐嗎？

磯部大人……磯部……

啊！原來如此，這樣在下就明白了。由於上了年紀，花了這麼多時間才想到，真是抱歉。千代小姐曾到八丁堀北的武家宅邸學習禮儀（註一），長達兩年之久。武士大人，您是磯部家的人吧。這麼一提，在下知道的與力（註二）磯部大人，是令尊磯部新右衛門大人，千代小姐昔日到府上侍

註一：町人或農民之女以學習禮儀的名義，到大户人家當女侍。

註二：輔佐町奉行（相當於市長）的一種官職，類似現代的警察署長。

奉時，在下曾一同前往拜見，當面向他問安。那時候老太爺和多津夫人都健在，約莫是七年前了吧。回想起來，眞教人懷念。

令尊磯部大人一定精神矍鑠……哦，這樣啊。恭喜恭喜，有您這般優秀的繼承人，令尊磯部大人就能放心養老了。在下爲岡田屋效力五十載，不曾有一絲後悔與遺憾，不過，在下原本就決定終生以店爲家，打了一輩子光棍，沒有孫兒也是理所當然。活到這把年紀，有時心中會突然湧起一股落寞之情。現今寄人籬下，投靠舍弟家，他是在下唯一的親人。舍弟、弟妹，及他的孩子們，都很親切地對待在下，但在下畢竟是外人，他們客氣待我，我自然也客氣以對，想必會備感拘束。

不過……儘管在下微不足道，若岡田屋沒遭遇那樣的慘事，這把老骨頭應該還能派上一點用場。

不，說這種喪氣話無濟於事。唔，在下不要緊。人老了就容易掉淚，實在傷腦筋，您儘管笑我吧。對您眞是失禮了。

重要的是，您今日來探望考朽，想必不爲別的，就是爲了岡田屋的事吧。那是三個月前的事，又如此不吉利，在下微感惶恐，不知您究竟想詢問什麼……

是，如您所說，事情的經過就像您知道的那樣。店主市兵衛、老闆娘阿夏、繼承人長男久一郎、次男清治郎、獨生女千代，及么兒春治郎，皆已辭世。驚恐害怕的夥計們全都鳥獸散，只剩在下這個老頭。

岡田屋已不存在於這個世上。

＊

哦……您去過那棟屋子啊，什麼時候的事？昨天？那麼，昨晚想必做了一場噩夢吧。

噢，那眞不簡單，畢竟是出了七條人命的屋子。榻榻米和家具都維持原樣，我們這些夥計拚了命逃離那棟屋子，沒想過要再靠近。磯部大人，多虧令尊傳給您這身豪膽，才能平安無恙。是……在下說這話，既丟人又不知感恩，聽起來像替自己找藉口，眞是罪過。這一點在下有自知之明。不過，現在那棟屋子……昔日曾是岡田屋的那棟屋子，實在很可怕。

在下十歲便到岡田屋工作。爹娘皆是上州出身，因無法糊口而逃離家鄉的難民。來到江戶後，兩人靠打零工過活，偏偏窮人孩子多，育有四男一女，一共五個孩子。在下是家中的老大，出外工作時，么弟還只是嬰兒，五年後，在下第一次回家探親，他已長成調皮好動的男孩，但在下從他身上感受不到那種親弟弟的感覺，有些不知所措。說來諷刺，現在反倒是么弟照顧在下。

另外兩個弟弟，一人在將滿十五歲前染上天花病逝，另一人年紀輕輕就離家出走，至今下落不明。妹妹死在娼寮裡，究竟她是自願賣身，還是被我那沒用的爹娘推入火坑？由於當時在下已到岡田屋工作，不清楚詳情。說起來，這妹妹一直都是個令人印象模糊的女孩。

託曾在岡田屋工作的福，在下才得以過著像樣的人生。對此，在下心中無限感激。么弟也說，他能成爲獨當一面的木匠工頭，得感謝從小嚴格訓練他，百般關照他的前任木匠工頭。這話一點都沒錯，像我們這種出身卑微的人，日子會過得幸福還是貧苦，全看投靠的店家和店主一家人而定。就這層意義來看，在下和么弟實在是得天獨厚。

因此，磯部大人，在下對岡田屋的感謝之情始終如一。不過，對那棟屋子心存畏懼，也是不爭的事實……

咦，在下？是嗎？原來在下說過那樣的話啊。

的確，剛才在下說過「岡田屋已不存在於這個世上」。一般應該會說「岡田屋的人都已不在這個世上」才對。是，沒錯，在下大概懷有您說的那種想法吧。

在這次事件中喪命的店主市兵衛，他的父親治郎兵衛幾乎是一手建立岡田屋。在下從十歲起服侍的店主，就是治郎兵衛先生。因此，大老闆娘多津夫人如同在下的母親，兩位的恩情，在下莫敢稍忘。

治郎兵衛先生五年前罹患流行感冒仙逝，在那之前，雖已將店主的位子讓給市兵衛先生，仍以老太爺的身分主導岡田屋的經營。多津夫人也說，千金小姐出身的阿夏夫人，從小沒吃過苦，很多事不能交給她負責，店裡店外的大小事，多津夫人都以大老闆娘的身分一手包辦，俐落又勤奮。像在下這種在岡田屋長大的夥計，總是感激地看著他們可靠的處事姿態。

然而，店裡的夥計個個景仰老太爺和大老闆娘，看在市兵衛先生和阿夏夫人眼中，卻很不是滋味。老太爺夫婦和老闆夫婦之間的關係，一天比一天糟。的確，換人當家後，店主是市兵衛先生，老闆娘是阿夏夫人。我們這些夥計也都如此認爲，但每逢關鍵時刻，岡田屋眞正的掌舵者，其實還是老太爺和多津夫人。與合作多年的老主顧商談、與交好的旗本（註）私下的金錢借貸、聚會中的人際往來、送官員體面的贈禮，這些一直是由治郎兵衛先生和多津夫人作主。

對治郎兵衛先生和多津夫人而言，市兵衛先生是重要的獨生子。他們夫妻感情如膠似漆，好得令人嫉妒，卻只有市兵衛先生一個孩子，從小呵護備至。在下剛到店裡工作時，雖然同樣是孩子，也看得目瞪口呆，世上竟有孩子這般備受疼愛。是的，在下到店裡工作那年，市兵衛先生剛出生，所以記得很清楚。

不過……後來在下擔任掌櫃，當時還健在的大掌櫃親切地教導我，並對我說，治郎兵衛先生十分懊悔，沒將市兵衛先生教好。雖然是寶貝的獨生子，仍該嚴厲管教，培養出位居上位者應有的覺悟和心態。如果急著讓市兵衛先生接班，岡田屋前景堪慮，治郎兵衛先生相當憂心。

要是成長過程太受溺愛，便容易誤入歧途。就算市兵衛先生身上流有治郎兵衛先生不凡的血脈，也不例外。的確，依在下所見，市兵衛先生年輕時放蕩不羈的生活態度、對待身旁夥計的苛刻、多變且任性的言行，都令人不禁擔憂未來，不曉得日後店裡由他掌權，會鬧出什麼風浪。

因此，比起其他店家，岡田屋交棒特別晚。治郎兵衛先生總是笑著對我們說「我也想早日退休，過悠哉的養老生活，享享清福」，幾乎成了他的口頭禪，但一直等到將近七十歲，他才退居老太爺的位置，而且是多年來一再受市兵衛先生催促的結果。考量到當時市兵衛先生已四十歲，這樣

註：江户時代，奉祿未滿一萬石，但有資格參與幕府將軍出席的儀式的直屬家臣統稱。

下去對外風評不好，他才不情願地配合退位。
市兵衛先生似乎為此懷恨在心。
磯部大人，在下這輩子沒能有妻小，算是無德之人。加上很早便離開父母身邊，對於親子間的情誼了解不深，因此想向您請教，親生兒子真的會對父母懷有那麼偏執的憎恨嗎？會滿腦子想著「可惡，你們等著瞧」，燃起滿腔的怨念嗎？
您認為會是吧。
這樣啊……不過，在下至今仍難以置信。

＊

磯部大人，如果您造訪過那棟屋子，應該知道了吧。是的，位於北側深處，朝地面鑿洞蓋成的房間，建造得很牢固吧？那是治郎兵衛老太爺過世三年後，阿夏夫人用來囚禁多津夫人的牢房。
阿夏夫人是市兵衛先生成為岡田屋的當家時，匆匆迎娶的妻子。她的年紀整整比市兵衛先生小一輪，娘家是財力雄厚的綢緞店「五十鈴屋」，向來過著奢侈的生活。
市兵衛先生與阿夏小姐的婚事談妥時，世人都感到很不可思議，各種傳聞四起。例如……岡田屋終於要將店主的位子傳給那個不正經的浪蕩子，雖然是不得已，但市兵衛為什麼要娶阿夏這樣的女人當妻子？不能選個更聰慧、謹慎、性情柔順的對象嗎？

我們都清楚岡田屋內的情況，明白世人的納悶，每天都過得緊張害怕。當時的岡田屋財務吃緊，全是市兵衛先生放蕩的行徑造成的後果，而且他還四處欠債。治郎兵衛先生和多津夫人對外如常展現出堅毅之姿，知道實情的只有店內夥計，處境艱辛。

阿夏夫人從還是小姑娘的時候起，便有不少負面傳聞。她是「五十鈴屋」三位千金中的么女，最具姿色，但風評也最差。自少女時代就愛好男色，一會爲劇場演員痴迷，離家出走，一會勾引店內夥計……由於內容腥膻，在此就不多說了。不過，甚至有她曾偷偷產子一、兩次的傳聞，不曉得孩子的父親是誰。

當時五十鈴屋正不知該拿輕佻的阿夏夫人如何是好，旁人看得一清二楚。她的兩個姊姊品行端正，招贅入門繼承家業的女婿也一表人才，所以面對無法預測接下來會出什麼亂子的阿夏夫人，他們應該只想早點將她嫁出門吧。就算不是這個心思好了，阿夏夫人玩樂無度，已傳得人盡皆知，始終找不到結婚對象，轉眼就過了二十五歲。不管相貌再出眾，一旦過了適婚年齡，姻緣只會愈離愈遠。於是，雙方達成協議，岡田屋的債務由五十鈴屋一肩扛下，條件是迎娶阿夏。

治郎兵衛先生與多津夫人早已料到，這樁婚事肯定會帶來遺憾，但也無計可施。

儘管如此，將阿夏夫人娶進門後，多津夫人曾盡心調教。她心想，光是嚴格沒用，於是對連娘家都放棄的阿夏夫人，沒擺出婆婆的架勢，而是如親娘般關愛。這一切在下全瞧在眼裡，可是磯部大人，在下從這件事情中學會一個道理，就是真心誠意並非對每個人都適用。

是的，阿夏夫人很討厭多津夫人。首先，在她看來，多津夫人終究只是婆婆。而且，這位婆婆上了年紀，仍是外型亮麗的女人，加上多津夫人遠比她受夥計景仰，她對多津夫人的情感，與其說討厭，不如說「憎恨」還比較貼切，或者該說是「嫉妒」吧。

因此，自從治郎兵衛先生去世，雖然多津夫人依舊以大老闆娘的身分指揮店內的一切，檯面下卻潛藏著一把悶燒的怨恨之火。不過，多津夫人並不愚昧，沒那麼輕易露出破綻，所以勉強保持平衡的關係，岡田屋這艘船得以繼續前行。

直到發生那起意外……

那天和今天一樣，明明是初春時節，卻乍暖還寒，降下冰冷的雨，又正好是治郎兵衛先生的一周年忌日。店內堆放的貨物倒下，壓傷多津夫人，她折斷了腿骨。

您或許知道，蠟這種東西，在我們批發商當貨品買賣的階段是呈塊狀。秤好一貫（註）重，將蠟注入模具裡，使其凝固成方形，所以貨堆有相當的重量。如果是孩童被貨堆壓住，恐怕會當場喪命。

話說回來，那起事故眞是不可思議。蠟這種商品呈方形，一旦堆疊穩當，鮮少會倒場。偏偏是多津夫人人在附近的時候，疊得像人一般高的貨物突然倒塌。

是……如您推測，在下和店內的其他夥計也認爲是有人想對多津夫人不利，刻意推倒貨物。不過，只是猜想，連孩子都辦得到。我們提不出確切的證據，不便聲張。

總之，多津夫人自從受傷後，身體狀況大不如前，幾乎無法下床。於是形勢完全逆轉，阿夏夫人喜孜孜地著手打造那座牢房。

您問爲什麼要蓋牢房嗎？在下至今仍不明白。不過，阿夏夫人說，婆婆受傷後腦袋變得不太靈光，白天會看到不存在的幻影，晚上睡迷糊還會四處遊蕩，非常危險，爲了婆婆的安全著想，得讓她住進上鎖的牢房才行。

您問在下的反應嗎？在下當然反對，而且是極力反對。多津夫人的確身子大不如前，但腦袋比阿夏夫人清醒多了。店裡其他夥計也這麼認爲。

可是，磯部大人，下人的立場眞的很卑微。何況，我們各自緊抓著工作和微薄的薪水，害怕失去，這也是人之常情。不工作就無法糊口，沒得糊口就無法活命。阿夏夫人和市兵衛先生只要威脅「你們要說親眼瞧見大老闆娘半夜在走廊上遊蕩，否則有你們好受的」，年輕的女侍便嚇得渾身打顫。當中一、兩人縮著脖子噤聲不語，眼眶泛淚，乖乖遵守市兵衛先生和阿夏夫人的話。另兩人實在受不了，逃離店裡。在下要是有這等霸氣，或許也會這麼做。

不，或許眞該這麼做。不過……現在才說這些，爲時已晚。

況且，包含在下在內，有一群人始終反對這種做法，但說服我們的是多津夫人。她笑著說：「我不忍心見大家受苦，如果我乖乖進牢房就沒事，倒也算不了什麼……」最後她甚至對在下鞠躬說：「松五郎，你身爲店內的大掌櫃，店裡的事請多多擔待。」

如今回想起來，在下仍覺得受之有愧，忍不住老淚縱橫。

註：重量單位，相當於三．七五公斤。

將多津夫人的棉被和生活用品搬進牢房的那天，是在下最後一次目睹多津夫人的笑臉。之後長達兩年，在下要見她一面，聽她的聲音，都辦不到。在阿夏夫人的安排下，只有她能進多津夫人的牢房。如果磯部大人親眼看過，您應該明白。那座牢房打造得相當牢固，在前去的路上，連走廊也有兩處設下門鎖。那是後來阿夏夫人請工匠特別設置的。唯一的一把鎖，阿夏夫人繫上繩子，掛在脖子上，從不離身。那名工匠是阿夏夫人專門從川崎請來，沒人知道他是哪裡的工頭。

當然，我們這些夥計很擔心多津夫人的安危，曾多次懇求阿夏夫人，能否讓我們見多津夫人一面，了解她目前的情況，但全被一口駁回。她說，大老闆娘交代過，誰都不想見，只想靜靜躺著休養，還狠狠訓了我們一頓。我們只能相信阿夏夫人的話，認定多津夫人一切安好，此外別無他法。

這些事市兵衛先生自然完全默許，不曾對阿夏夫人有過半句抱怨或勸告。倒不如說，他根本不敢多言。另一方面，見阿夏夫人握有多津夫人生殺大權，他似乎覺得十分有趣。

三個月前發生那樁慘劇，爲了進行善後，一名官差進牢房查看，卻臉色蒼白地走出，一句話也沒說，接著高燒不退，連躺三天，磯部大人可曾聽聞？

據說，多津夫人坐在墊被上，化爲一具白骨。依前往勘驗的官差所言，她已死將近一年。可能是飢渴而死，而且雙手銬著鎖鏈，牢房裡宛如野獸的巢穴，髒亂不堪，一股令人窒息的惡臭凝聚不散。個性一板一眼，又愛乾淨的多津夫人，不曉得死前心中有多遺憾……想到這裡，在下不禁感到眼前一片漆黑。

磯部大人……再次請問您，就算是在備受溺愛的環境下長大，但完全照著妻子的意思，肆無忌憚地虐待生母，世上有這樣的人嗎？

磯部大人，關於千代小姐前往府上學習禮儀的緣由，您知道嗎？千代小姐可曾說些什麼？這樣啊，千代小姐眞是善良。

市兵衛先生與阿夏夫人的感情還算和睦……應該說，看不出兩人不睦的樣子。話雖如此，並不表示兩人心意相通。在下認爲，他們應該是認爲聯手對付老太爺和多津夫人，會比較有利。

市兵衛先生常在外拈花惹草，性好漁色，在同業之間人盡皆知。尤其是老太爺去世後，大家都說，如果是有良心的人力仲介商，絕不會介紹年輕女侍到六間堀的岡田屋工作，當眞可嘆。

另一方面，阿夏夫人勾搭男人的習性，從少女時代一直沒斷過，甚至變本加厲，花大把銀子縱情玩樂。最後，岡田屋的財產全被市兵衛先生和阿夏夫人耗盡。

經過這次的事件，使得世人也都得知內情：長男久一郎其實並非阿夏夫人所生，而次男清治郎，也不是市兵衛先生的種。么兒春治郎雖然是夫妻倆的孩子，但天生體弱多病，離世時才十五歲，說來可憐，只是，就算沒發生那件事，他能否多活一年也難講。這兩、三年，他幾乎足不出戶，整天待在房裡哼歌自娛，或在紙上畫些莫名其妙的圖畫。

磯部先生，您知道的千代小姐，其實是個棄嬰。十九年前，有人將女嬰遺棄在六間堀橋邊，路人發現後，打算交給房屋管理人養育，多津夫人心生憐憫，向治郎兵衛先生請求將她收爲養女。因此，說得露骨一點，她完全沒被市兵衛先生和阿夏夫人的邪氣污染，是位性情率眞的千金小姐。

如今事過境遷，在下才敢跟您透露，七年前千代小姐才十二歲，以「學習禮儀」的名義，將還不太懂事的孩子送往府上，其實背後有難以啓齒的隱情。說出這件事，感覺會污了在下的嘴，但仍不得不說……市兵衛先生四處拈花惹草，最後甚至將腦筋動到千代小姐身上……是的，非常駭人聽聞，卻是千眞萬確。

此事絕不能坐視不管，於是在下和一名資深女侍——她負責照顧千代小姐的起居，察覺處境危險——我們合計後，找當時仍健在的老太爺和多津夫人商量。

原本身爲夥計，不該說店主的壞話，但情況特殊，在下已做好遭革職的心理準備。不過，老太爺和多津夫人心中不知有多憤慨、羞愧、難過，馬上接納在下和那名資深女侍的說法，採取應變措施。於是老太爺想到令尊，兩人相識多年，商議一番後，決定請府上暫時收留千代小姐。

在下當時認爲，這樣就能讓千代小姐逃離此處。如果可以，希望千代小姐能直接留在府上，日後嫁個好人家，或者……如今說這些也無濟於事。什麼？原來府上曾提議由您迎娶千代小姐。唉……要是眞能實現，不曉得該有多好。

在下實在想得太膚淺了，那滿意的念頭終究沒能持續太久。您也知道，老太爺去世，千代小姐旋即被喚回岡田屋。不過，當時多津夫人緊盯著家中一切，仍相安無事，但過沒多久，多津夫人被送進牢房，而千代小姐也長得愈來愈標緻，益發惹人憐愛。

三個月前那一晚的慘劇，或許自千代小姐被喚回岡田屋的當下，便已展開。

*

今年過年期間，一個降雪的日子，千代小姐服下老鼠藥想尋短，痛苦之際，碰巧春治郎先生發現，才撿回一命。

千代小姐自殺的原因，不用問也知道。在下終究沒能保護好千代小姐。這種情況似乎已有一陣子，而且駭人聽聞的是，此次的對象似乎不單市兵衛先生一人。

……這件事實在教人心情沉重。磯部大人，您應該不想聽了吧？在下可以繼續說嗎？

這樣啊。既然如此，在下就鐵了心繼續往下說吧。

千代小姐長得如花似玉，而久一郎、清治郎兩人，性情不巧都像他們品行不端的父母，偏偏又同住一個屋簷下，當眞是可怕的災難。

此間種種，阿夏夫人似乎都知情。店裡有人聽到她笑著說：「當初要是放著不管，她早就餓死街頭，是爹娘好心收養她才有今天。像她這樣的女人，隨便我的兒子們去處置吧。」

在垂危之際撿回一命的千代小姐，哭著向在下道出一切，在下卻幫不了她，只能陪她一起流淚。

就在這時——

在下突然聽見多津夫人的聲音：松五郎，別擔心。千代的仇，我來替她報。同樣身爲女人，千代受的苦絕不能放著不管，一切包在我身上。

如同在下剛才跟您說的，多津夫人應該一直關在牢房裡。當時在下還不知道多津夫人早已亡故，化爲一具白骨，以爲多津夫人傷勢痊癒，偷偷逃出牢房。有人救出多津夫人，在多津夫人的治理下，岡田屋又能恢復昔日的樣貌——在下暗暗想著，高興得快跳起來，於是逢人便大聲說：在下聽到多津夫人的聲音，多津夫人已康復，並回到店裡，一切都會好轉。市兵衛先生、阿夏夫人，及店內的夥計，皆投來奇怪的眼神，彷彿看到瘋子，但在下毫不沮喪。因爲在下相信多津夫人的話。

從那之後，果眞像要證實在下的想法，多津夫人不分晝夜，頻頻出現在岡田屋。

您問在下嗎？不，可能是德行不夠吧，那場風波在店裡愈鬧愈大，在下卻沒親眼見過多津夫人。只有千代小姐向在下道出實情的那天，曾聽到多津夫人的聲音。

市兵衛先生和阿夏夫人打一開始就嚇得魂不附體。他們看到的多津夫人，似乎面容無比駭人。不過，這也是理所當然。久一郎先生和清治郎先生夢見多津夫人站在枕邊，用力勒住他們的脖子，於是晚上點著燈，不敢入睡，連大白天都惴惴不安。

不可思議的是，春治郎先生頻頻畫起多津夫人的人像畫，而且大多是帶著微笑的面容。

——奶奶來看我，她的臉像雪一樣冰冷蒼白，靜靜注視著我，所以我畫下她的面容。

春治郎先生這樣說道。

對了，阿夏夫人提過，梳頭時發現多津夫人出現在鏡子中，伸手要抓她的頭髮。阿夏夫人放聲大叫，音量之大，幾乎快把屋子掀了，女侍嚇得渾身痙攣。

至於千代小姐……她漸漸變得不太正常，整天都狀甚親暱地和多津夫人聊天，但除了她之外，沒人看得到多津夫人。

三個月前那晚發生的慘劇，起因究竟爲何，現在已沒人知道。可以確定的是，市兵衛先生、阿夏夫人、久一郎先生、清治郎先生，當時全不醒人事。

到底是誰在廚房的水甕裡混入老鼠藥？在下也不清楚。不過在下推測，應該是春治郎先生所爲吧。或許是懷念的祖母出現在他破碎的心靈中，命令他必須這麼做，以淨化這個家。至少他本人在斷氣前，曾對趕來救助的人如此透露。

春治郎先生深受父母和兩名兄長的虐待，家中沒有他的容身之所。約莫是之前千代小姐服老鼠藥想尋死，令他心念一動，打算帶著可恨的家人一起走上黃泉路。說是多津夫人的命令，恐怕是後來加上的藉口。

不過，店裡的夥計和他們一家人喝不同甕裡的水，眞是萬幸。

他們一家人得知飲下毒藥後，責怪彼此，只求自己得救，互扯後腿，不願讓對方得逞，甚至動起拳腳，打得渾身是血，全部喪命——這樣的結果，光想都覺得悲哀。唯獨千代小姐安詳地在自己房裡嚥下最後一口氣，在下深感欣慰。

據說阿夏夫人斷氣前，頻頻叫喚多津夫人的名諱，不住咒罵。她揮動雙手，不停抬腳踢，嘴裡喊著「妳走開，別過來」，像在和人扭打。一名資深女侍目睹她瘋狂的模樣，頭髮都嚇白了。由於阿夏夫人罵人的神態實在驚悚，女侍一度以爲多津夫人眞的走出牢房，站在隔門後面，注視著阿夏夫人的死狀。然而，她仔細環視四周，並未發現多津夫人身影。當然不可能看到，那名女侍和在下並不知道，多津夫人受盡飢渴，孤零零地慘死在牢房裡，至少已有一年。

在下毫不知情，但阿夏夫人很清楚。或許市兵衛先生也知道，久一郎先生和清治郎先生隱約察覺。所以，他們才能看見多津夫人的亡靈，看見她的怨靈。恐怕就是這麼回事吧。

＊

咦……綿綿細雨似乎已停歇。您要回去了嗎？重提可悲的過往，恐怕毫無助益，不過，這樣您應該滿意了吧。

——什麼？工匠？您問那名工匠怎麼了？來自川崎的？您是指，阿夏夫人僱來打造牢房，並在走廊設門鎖的工匠嗎？

磯部大人，您見過那名工匠。

那名工匠怎麼說？他該不會……

他說見過大掌櫃松五郎？多津夫人被關進牢房不久，松五郎曾拜訪他，磕頭請求他提供備用鑰匙？

哦……那名工匠接受了松五郎的請求。

松五郎拿到那把備用鑰匙，到底打算做什麼？磯部大人，您怎麼看？

不過，松五郎眞是奇怪的男人。如果他握有備用鑰匙，早點救出多津夫人不是很好嗎？這樣才是明智之舉。

會不會是松五郎取得備用鑰匙，潛入牢房時，多津夫人已被阿夏凌虐得不成人形，奄奄一息……

磯部大人，您心裡這麼想嗎？

松五郎無法放走多津夫人。

要是放著多津夫人不管，她遲早會被虐待至死。

於是松五郎思忖，要解救多津夫人只有一個方法。

就是直接在這裡讓多津夫人解脫。

磯部大人，您心裡這麼想，對吧？

那麼，換個想法不也說得通？松五郎潛入牢房，見到奄奄一息的多津夫人，她提出希望早點解脫的請託。

於是，松五郎接受了她的請託。

松五郎知道，多津夫人的骨骸在牢房裡。多津夫人是開心地離開人世。

因此，多津夫人的亡靈唯獨不會來找松五郎。

不過，磯部大人，松五郎是否該問罪？

仔細想想，亡靈不會使用老鼠藥吧。在水甕裡下毒，是活人才會做的事。

您眞的要回去了嗎？在下只能在此目送，無法爲您送行。眞的很失禮，請您見諒。最近身子骨愈來愈不行，想必已來日無多。

磯部大人，在下每天晚上一入睡，便會做夢。夢見和多津夫人一起關在那座牢房。在牢房裡，在下和多津夫人都變得像影子一樣形影淡薄，來去無聲，所以能穿過牢固的柵欄，暢行無阻。

這就是亡靈的眞面目。

回去的路上，請小心慢走。算是在下拜託您，千萬別再回來，途中也莫回頭。

這是松五郎此生最後的懇求。

棉被房

位於深川永代寺門前東町的酒鋪「箑子屋」，歷任店主都十分短命，此事眾所皆知。寶永六年（一七〇九年）第一代店主在此開店，歷經一百零五年，已傳至第七代店主。如果是一般店家，頂多只會有四、五代的輪替。

話雖如此，倒也不是說前六代的店主都死狀怪異，充滿不祥。儘管有一人例外，其餘五人都走得很安詳，若年紀再大一些，周遭的人都會認為這樣算是壽終正寢，足見他們死得相當平靜。因為晚上就寢後一直沒醒來，到了早上，家人去叫他們起床，才發現他們已在夢中辭世。

究其原因，可能是箑子屋的男人運氣不好，歷代祖先心臟都有毛病。實際上，那些沒能繼承家業的次男、三男，也都沒長大便夭折。只有長男得以活到成年，好不容易迎來十六、七歲，便遇上父親早逝，急忙繼承家業，緊接著娶妻生子，等孩子長到十六、七歲，這次換自己溘然長逝——如此一再反覆。

然而，女兒個個健康長大，嫁進門的媳婦也都身體強健，能生能養。

世人向來愛道人是非，於是流傳著箑子屋就是女人太強勢，男人被迫忍氣吞聲，才會早死的謠言。這麼說倒也簡單易懂。事實上，剛繼承家業的年輕當家，不僅上有祖母，甚至連曾祖母都健在，成天被緊盯著，因此這些謠言不能完全一笑置之，歸爲道聽塗說。不過，說兼子屋裡盡是會剋夫的丙午女（註），不僅這家人的媳婦是丙午女，他們生的女兒也個個是丙午女，根本是信口胡謅，眞正丙午年生的女人一個都沒有。

此外，還有一則謠言。剛剛提到，前六代店主當中只有一人例外。此人是第四代店主喜右衛門，在三十三歲的過年期間罹患麻疹而死。成年後才染上麻疹，病得特別重，因此喪命的案例不少。

但當時流言四起，說喜右衛門的死是神明降罰。至於是哪位神明降罰，答案是五代將軍綱吉。綱吉大人在寶永六年的過年期間染上麻疹辭世。提到寶永六年，也是創立兼子屋的那一年。換句話說，靈魂升格爲神的綱吉大人，見兼子屋在他去世那年開店做生意，大爲震怒，於是降罰。

不管怎樣，這未免太穿鑿附會了，所以並未散播開來。五代將軍綱吉四處展現君臨天下的威儀，令百姓苦不堪言，大家才希望他遭天譴受罰呢。況且，倘若綱吉大人的靈魂眞的變成吹毛求疵的神明，要對行爲不當的兼子屋降罰，用不著等到第四代。有人解釋，這是因爲第一代、第二代、第三代店主小時候都順利克服麻疹，不得不等到第四代，然而，這種歪理實在荒謬，聽過的人無不捧腹大笑。

此事姑且不談，店主短命的印象深植人心後，每逢店主過世就會傳出難聽的謠言，對商家來說，情何以堪。正因他們做的是賣酒生意，與死亡扯上關係，會讓人覺得掃興，萬萬不可。所以，兼子屋代代店主的身段相當柔軟，別的店家不會接受的無理要求，他們往往照單全收，極力展現出商人的勤奮與誠意，深獲顧客的信任。

在這種情況下，他們當然對夥計的表現特別要求。於是，兼子屋有另一項傳聞，就是對夥計的管教非常嚴格，只是沒有店主短命的傳聞那麼有名。雖然嚴格，但薪水並未給得太闊綽。純粹只是嚴格。

儘管如此，在兼子屋七代店主更迭的歷史中，從未發生夥計逃走，或不吉利的事故。夥計都工作勤奮，既不抱怨，也不會起衝突。門前町一帶的商人皆深感不可思議。

提到管教夥計，是店主最頭疼的問題，怎麼做都無法面面俱到，這是常識。僱用十名夥計，培養十年，最後若能留下一、兩名對店內有所助益，就該謝天謝地，足見此事有多難。很多人會辭職離去，或耐不住辛苦而逃離。由於生病或受傷，無法工作者也不在少數。

更糟糕的是，有時會出現捲款潛逃，或是淪落為無賴，襲擊對自己有恩的店家，想奪取店主財產的惡徒。根據律令，夥計若有傷害店主、想對店家縱火的意圖，不論任何理由和說詞，一律斬首示眾。反過來看，立下這樣的規定，也是類似的案例層出不窮的緣故。

夥計並非都是成人，像是童工和帶孩子的丫鬟，從小就在店裡工作，店家得代替他們的父母加以教養，這點也不容易。看到這些孩子工作偷懶、貪玩、躲著偷吃、打瞌睡，就要出言訓斥，跟他們講道理，有時還得施予嚴厲的體罰，希望調教出能獨當一面的夥計。這需要投注許多時間和精

註：古人迷信丙午年多火災，這年出生的女人個性剛強會剋夫。

力，成功的卻是少數。

這樣的難事，筆子屋卻代代都處理得妥妥貼貼。只要到筆子屋工作，縱使過去是個性魯莽，令人頭疼的年輕人，或是愛哭又窩囊的小鬼，只要短短十天，就能搖身一變，成爲做事牢靠的員工，判若兩人，而且不容易生病及受傷。

難怪附近的商家既納悶又羨慕。問他們有何訣竅，筆子屋的店主、老闆娘、大掌櫃，總是面帶微笑，偏著頭說不出個所以然，更顯得神祕。當中到底暗藏著什麼祕訣？

不過，一帆風順的筆子屋，某天突然有年輕女侍鼻血狂流不止，當場猝死。這是發生於文化十一年（一八一四年）十月中旬，筆子屋店主——第七代的七兵衛，正值三十五歲的事。

猝死的女侍名叫阿里。

她是猿江御材木藏東邊一座大島村的佃農長女，十一歲到筆子屋當帶孩子的丫鬟，過世時已擔任內宅的女侍，得年十六。這五年來，她都在筆子屋內接受調教。她的性情溫順，做事勤奮，雖然身材清瘦，長相卻比實際年齡穩重，舉止頗有大人樣，第一眼的印象是二十多歲的成年女子。

筆子屋不是什麼大型商號，頂多算是中小規模的店家。往來的客戶有料理店，也有武家宅邸，不過當然是生意興隆。由於關門休息的時間比深川任何一家店都晚，夥計常趕不上最後一輪上澡堂的時段。經常光顧的澡堂明白他們的情況，在筆子屋的夥計匆匆忙忙趕到之前，絕不會關上店門。

出事的那一晚，阿里同樣匆促趕去澡堂。她很快洗好澡，向看店的老闆打聲招呼，便步出店外，到此爲止都和平常沒什麼不同，一樣行動俐落。但離開澡堂沒多久，她突然鼻血狂流，摀著鼻子，直挺挺地倒臥路旁。

當時阿里獨自一人，待附近的木戶番救起她，揹她返回兼子屋後，早已沒了呼吸。

不過，據木戶番所言，送阿里回兼子屋途中，阿里在他背上沒半點痛苦的症狀，甚至哼歌般小聲說著：

——妖怪先生，在這邊，朝拍手的方向來。

——妖怪先生，在這邊，朝拍手的方向來。

聽到她的聲音，那名木戶番跟著病倒，連躺三天。

兼子屋裡一定暗藏玄機，捕快展開調查，官差也前來盤問，最後仍查不出阿里的死因。晚餐大家都吃一樣的飯菜，不像是食物中毒，看起來也不像遭人下毒。阿里身上完好無傷，變得冰冷的肌膚上，並未浮現可疑的斑點。她的遺容安詳，只要將鼻血擦拭乾淨，看起來便如同熟睡。

面對阿里的猝死，兼子屋的伙計十分驚訝，但問到她有無疾病或受傷，他們只會搖頭，表示一概不知。統管內宅員工的，是名叫阿光的女侍總管，今年四十三歲，身體強健，個性強悍，不是會爲一點小事慌亂的人，卻在回答店主夫婦的詢問時，惶恐地說看不出阿里有任何異狀。

阿里在去澡堂前一切安好，和平常一樣吃晚飯，不像有任何不適——阿光反覆強調，並哭著向店主夫婦道歉，直說是她的疏失。阿光是女侍的榜樣，店主夫婦相當信任她，其他店家也很羨慕他們店裡有阿光這樣的女侍總管，所以店主夫婦毫無責怪的意思，甚至出言安慰。

最後，箳子屋迅速將阿里的遺體送回她的老家，並附上一筆慰問金。同時，向官差提報「病死」，順利平息騷動。箳子屋的女侍離奇死亡，在門前町一帶的商家之間傳出各種流言蜚語，吵得沸沸揚揚，但既然官差接受這種說法，便沒旁人置喙的餘地。街坊民眾只能以充滿好奇的眼神，早晚緊盯著箳子屋。不過，整天顧著監視，其他的事都不必管，這般富裕的店家不多，於是人們在背後說長道短的情況自然逐漸減少。

阿里的父母是採預支阿里薪水的方式，雖然女兒在店裡猝死，但他們對箳子屋沒什麼好抱怨的。不單如此，爲了塡補阿里的空缺，他們甚至主動提議，希望改由家中的么女到店裡工作。居中斡旋的人力仲介商知道阿里工作勤奮，而阿里的家境貧窮，雙親正爲錢急得像熱鍋上的螞蟻，所以熱心地與箳子屋的店主夫婦進行安排。

於是，在阿里死後半個月，她的么妹阿夕來到箳子屋工作。與阿里當初一樣，是十一歲的年紀。從十一歲到她姊姊去世的十六歲，這段期間的薪水，父母已全部預支，然後讓她帶著一個小包袱，便送出家門。

來到箳子屋的阿夕，直接沿用姊姊留下的物品。墊被、棉睡衣、餐盒、碗筷、圍裙，都是阿里用過的，並且在阿里生前住的女侍房間一隅起居。

這是三人房，其餘兩人理應很清楚阿里生前的事，年齡也與阿里相近，卻從未提及。明知阿夕是阿里的妹妹，但不曾說半句悼念阿里的話，彷彿將阿里忘得一乾二淨。

阿夕沒遭虐待，也沒人搭理她。仔細觀察後發現，另兩名女侍似乎也沒多親近，彼此之間像吹著一陣乾冷的風。

現下兼子屋沒有需要褓母照顧的幼兒，從一開始，阿夕分配到的工作就和年長的女侍一樣。汲水、打掃、晾棉被、洗衣、跑腿——阿夕非常認眞努力，但一些十一歲的少女無法勝任的工作陸續冒出來。

阿夕年紀小，卻很清楚自己有多沒用，遠遠不及已故的姊姊。因此，她用自己的方法下苦功，思索著如何才能早點學會把工作做好。她擁有這樣的智慧，而傳授她這些智慧的不是別人，正是阿里。

窮人孩子多，阿夕家有六個孩子，不過女孩只有阿里和阿夕。父母整天被生活追著跑，阿夕幾乎是阿里一手帶大。當初阿里遠赴外地工作，阿夕還在後頭追著跑，哭得涕淚縱橫。每當阿里在藪入返家探親時，阿夕總是開心不已，捨不得睡覺。

這時，姊妹倆會擠同一個被窩裡，一聊就是整晚。阿夕會告訴姊姊，她不在家的期間發生什麼事，阿里則專挑在店裡遭遇的有趣和快樂的插曲，說給妹妹聽。

沒錯，大部分的情況下，阿里聊的盡是愉快的事。然而，但她不時會露出嚴肅的表情，說出這樣的話：

——等妳到我這個年紀，一定會出外工作。屆時妳要認眞工作，不辭辛勞。最後絕對是勤奮的人勝出。

姊姊的這番話，深深烙印在阿夕幼小的心裡。

每當寂寞落淚，或是想家，阿夕會以棉睡衣罩住頭，靜靜蹲坐在地。這麼一來，感覺就像阿里殘留在棉睡衣上的體溫緊緊包覆住阿夕，讓她想起睡同一個被窩的情景，彷彿還能聽見姊姊的聲音。阿夕告訴自己，姊姊一直待在我的身邊，守護著我。待淚水變乾，阿夕低喃一聲「姊，晚安」，就此入睡。

一個月後，阿夕已學會大致的工作。

某天早上在井邊洗衣時，女侍總管阿光緩緩走近。阿夕縮著肩暗想，恐怕又要挨罵了。這名高大的女侍總管平時幾乎不會和阿夕說話。在兼子屋裡，女侍之間也有清楚的位階之分。阿光會直接叫喚和下達指示的對象，全是位階僅次於她的資深女侍。由資深女侍分配工作給和阿夕同寢室的年輕女侍，然後，這些年輕女侍再用高傲的態度使喚位階最低的阿夕。

不過，唯有挨罵的時候例外。阿光會突然親自出馬，直接跳過前兩個位階。

但今天早上不一樣，阿夕停下手邊的工作站起，低著頭打算乖乖聽訓，阿光卻吐出意外的話。她說，老闆娘誇妳工作認真。

當初來到店裡，阿夕只向店主夫婦問安過一次，像她這種身分的下人，平日根本無緣拜見。然而，老闆娘卻對阿光說，這次來到店裡的阿里妹妹，工作相當認真。

阿夕喜不自勝，胸中洋溢著一股暖意。不光是她，連在一旁守護她的姊姊靈魂彷彿也一起受到誇讚。阿夕深深一鞠躬，小聲應一句「謝謝」。

由於阿光佇立在面前，一動也不動，阿夕忍不住抬起頭，戰戰兢兢地望向她。只見阿光雙眼瞇成一道細線，靜靜盯著阿夕。

阿光不僅身材高大，五官也比一般人大。雖然稱不上美女，卻有一張副吸引人的長相。訓斥女侍時，她會骨碌碌地轉動牛鈴似的大眼，張開大嘴咆哮。

此時，阿光卻像換了個人，好似戴上假面具。

阿夕突然害怕起來，惴惴不安地思考著，到底是該開口說點什麼，還是該再度低下頭？阿光彷彿看穿她慌亂的心思，強行介入般，不客氣地問：

「妳很怕我吧？」

阿夕就像嚇得舌頭縮進喉嚨，答不出話。

阿光接著吩咐：

「今晚我會叫妳，到時候妳帶著棉睡衣來。因爲妳要睡在內宅的棉被房裡。」

交代完，阿光轉身離去。等再也看不見阿光寬闊的臂膀後，阿夕才全身冒汗。

——因爲妳要睡在內宅的棉被房裡。

好奇怪的命令，但阿夕並未感到太驚訝。這句話的含意，她心裡早已有底。

阿夕來到店裡約莫十天後，同寢的兩名女侍常將阿夕排除在外，竊竊私語。

——阿光姊還沒帶那女孩去棉被房。

——奇怪，未免太久了吧。

——當初我來的第三天，便被帶去那裡。

——我第一天就去了。

——爲什麼沒帶阿夕去呢？

隨著日子一天一天過去，兩名女侍竊竊私語的次數愈來愈多。她們交談時，眼中發出光芒、撇嘴的情況也逐漸增多。

阿夕推測，「被帶往內宅的棉被房」似乎是對女侍的一種責罰，所以她們才會感到納悶。明明她們很早就經歷過，阿夕卻遲遲還沒體驗。

果眞如此，確實令人疑惑。阿夕被阿光狠狠罵過。要是動作慢吞吞，或交代的事沒聽懂，阿光會毫不客氣地訓斥，有時還會打她。若「帶往棉被房」是向新加入的女侍展現權威的手段，阿夕早該被帶去，否則實在說不通。

阿夕左思右想，最後還是趁晚上三人並排睡在一起的時候，向同寢的兩名女侍詢問。她們躺在枕頭上嚇了一跳，互望一眼。這兩人難得臉上會浮現如此鮮活的表情。

接著，她們戒愼恐懼地反問阿夕，爲何這樣問？阿夕謹愼回答，曾聽到她們談話的片段，擔心到現在都沒被帶往棉被房，是上頭還沒認同她是筆子屋的女侍，她害怕會遭到革職，趕回老家，煩惱不已。

兩名女侍聽著，心情似乎稍微好轉。她們告訴阿夕，將新來的員工帶往棉被房，是這家店的慣例。

——不只女侍，男夥計也會被帶去。

阿夕知道內宅的棉被房。那是位於內宅東北角，一個四張榻榻米大的昏暗房間。裡頭沒窗戶，也沒壁櫥，是完全沒人使用的空房，不過以前一度充當棉被房，所以大家都這麼稱呼。

——由於是位於鬼門（註）的房間，一個人睡覺有點可怕，但不會出現妖怪。像我反倒覺得比在自己房裡睡得香甜。

一名女侍得意洋洋地說道。

——純粹是想試試新進員工的膽量吧。

另一人聽得頻頻點頭。

——所以當天晚上，阿光姊會坐在棉被房的走廊隔門前守著，防止裡頭的員工逃跑。

眞是奇怪的慣例，不過也就只是這樣罷了——兩人說完，都笑了起來。但過一會，她們的笑容像突然被砍斷，陡然僵住。阿夕驚訝地望向她們，只見她們雙目圓睜，愣愣仰望天花板，宛如失去操控的人偶。

阿夕沒再多問，說了一句「謝謝妳們告訴我」，蓋上棉睡衣入睡。

那天晚上，阿夕做了一個無比清晰的夢。不清楚身在何處，她和阿里手牽手走在漆黑的地方。

註：在陰陽道的觀念中，東北方是邪鬼進出的方位，諸事忌諱。

阿里溫柔地甩動阿夕的手，反覆說著相同的話。

——姊姊會陪著妳，不用擔心。

阿夕想問姊姊不用擔心什麼，但在夢裡說不出話。四周一片漆黑，什麼也瞧不見，只能感覺到氣息。在背後的幽暗中，有個來路不明的東西緊跟著阿里和阿夕。那東西拖地的腳步聲，及急促的呼吸聲，隱約傳入耳中。

雖然知道是夢，阿夕還是怕得渾身發抖，緊握姊姊的手滿是溼汗。背後的東西似乎走得非常緩慢，但又不時加快腳步，彷彿要縮短距離。當它一接近，黑暗中可聞到某種氣味。或許是它呼吸的氣味。灼熱的氣息竄過喉嚨，發出嘶嘶聲響。

——很臭吧。

阿里筆直望著前方，以不太像她的冰冷口吻說道。

——那傢伙肚子非常餓。

阿夕突然想轉頭，看清楚姊姊不屑地「那傢伙」究竟是什麼。但剛要回望，就傳來「那傢伙」的低吼聲，她頓時打消念頭。

可能是背後的東西放慢了速度，拖地的腳步聲逐漸遠去。阿里並未鬆懈，仍持續前進。於是阿夕霎時明白，「那傢伙」不僅飢腸轆轆，還有強烈的孤獨感。

翌晨睡醒，阿夕悲從中來。等到日上三竿，夢中的細節已忘得一乾二淨，但那悲傷的氣味殘留在口中，久久不散，就像嘴裡嚼著生薑或蘘荷的葉子一樣。

阿夕想起以前做過的夢，思索著「在棉被房睡覺」究竟是怎麼一回事，所以工作時顯得不太俐落。短短半天，就挨了阿光三次訓斥，捅了不少漏子。

因此，接近半夜，阿光果真如之前在井邊所言，帶領阿夕前往棉被房時，阿夕反倒鬆了口氣。與其想東想西，煩心不已，乾脆早點解決，還比較輕鬆。阿夕遵照阿光的命令，乖乖折好棉睡衣放在枕頭上，然後捧在手中，跟著阿光一路走到內宅的棉被房。

通過走廊時，阿光一語不發。抵達棉被房後，她伸手搭向隔門，也沒看阿夕，突然問了一句令人意外的話：

「阿里的七七四十九天過了吧？」

沒錯，昨天就是第七七四十九天。據說人死後，靈魂會在陽間待四十九天，過了四十九天就會前往另一個世界。因此，阿夕仔細數過姊姊的第四十九天何時到來。她擔心四十九天一過，便再也感覺不到姊姊的氣息。

「是的，昨天就是第四十九天。」

阿夕回答後，阿光點了點頭，霍然打開隔門。

「進去吧。」在阿光的催促下，阿夕踏進房內。霉味濃重的溼氣將阿夕包覆，她幾乎喘不過氣。

「放下枕頭，躺下蓋上棉睡衣。這裡沒有墊被，直接睡在榻榻米上。」

阿光沒走進房內，而是在隔門外高舉蠟燭，熟練地下達命令。阿夕依言躺下後，阿光站在門外繼續道：

「明天早上，我叫醒妳之前，妳得睡在這裡，不能踏出房外。我整晚都會守在走廊上，妳要是想逃，我馬上會知道。」

妳要是逃跑，就不能留妳在店內工作——阿光如此叮囑後，關上隔門。溼黏的黑暗，彷彿等候多時，朝阿夕籠罩而下。

起初，阿夕以爲自己一定睡不著。不管是睜眼或閉眼，都是一片漆黑，而且四周闃靜無聲，她早習慣同寢女侍的鼾聲和磨牙聲，這麼安靜腦袋反倒特別清醒。阿夕裹在棉睡衣裡，輾轉反側，挪動身軀之際，感覺到阿里殘留在棉睡衣裡的髮香味，今晚格外濃郁。

——姊姊會陪著妳，不用擔心。

姊姊在夢裡所說的，就是指這種情況吧。當初和我同齡的姊姊來到店裡工作，也曾接受這個測試膽量的考驗。姊姊在夢裡安慰我——妳想必既害怕又擔心，不過我的靈魂會陪在妳的身邊，儘管安心。

想到這裡，就能放心闔上眼。沒多久，阿夕的呼吸聲變得平順，沉沉入睡。

接著，她又做了夢。

和之前一樣的夢。與阿里手牽手，走在分不清前後的黑暗中。姊姊緊緊握著阿夕的手，與之前的夢境相比，這次走得更快。

有東西跟在後頭，感覺到的氣息和之前一樣，不，更爲強烈。豎耳細聽，還能聽到那東西發出「啪嚓、啪嚓」的腳步聲。

——不能回頭看。

一旁的阿里如此說道。姊姊嘴角帶著微笑，像要與什麼展開對決，雙眸綻放犀利的光芒，同時眼尾上挑，微微帶著憤怒。

啪嚓、啪嚓，腳步聲一路緊追。不知道是呼氣還是鼻息，後頭一直傳來令人作嘔的臭味。那氣味令阿夕想起三年前爺爺去世時的情景。爺爺死於腹積水。儘管臥病在床，他依然個性和善，幾乎不會給照顧他的人添麻煩，但他臨終時呼出的氣息臭不可聞，教人頭暈。事阿夕後向父親詢問得知，不論內心多麼聖潔，人在臨死之際，肚腸會腐爛，所以呼出的氣息特別臭。

照這樣看來，緊跟在後的東西，莫非是將死之人，腳步聲才會那麼沉重？

這時，阿里突然唱起歌。

「妖怪先生，在這邊，朝拍手的方向來。」

聲音響亮，充滿活力。姊姊知道緊跟在後的東西是何來歷，爲了擺脫它，振奮阿夕的精神，避免它追上，才刻意唱歌。於是，阿夕隨著她唱。

「妖怪先生，在這邊，朝拍手的方向來。」

「妖怪先生，在這邊，朝拍手的方向來。」

阿里拉著阿夕的手，一步步往前走，不時像在鼓勵般，溫柔地望向阿夕。阿夕也抬頭望向姊姊，兩人相視而笑，腦中只想著邁步向前。

不曉得走了多久，一片漆黑的前方，可瞧見散發微光之物。

——啊，天亮了。

阿里開心地高聲說道。

——阿夕，用跑的。

阿里在前方拉，阿夕邁步奔跑。兩人愈跑愈遠，白光不斷逼近。當它向四方擴散，化爲即將來到頭頂的強光時，阿里發出歡呼。

——好，這樣就成功逃脫了！

阿里大叫一聲，帶著阿夕躍進白光中。耀眼的光芒包圍阿夕全身。

阿夕猛然驚醒，彈坐起身。房內仍是一片漆黑，但她察覺身後有某個東西在蠢動。

那東西發出呻吟般的聲音。

「七七四十九天明明過了」，那東西不甘心地說完這句話，隨即消失，只剩無邊的黑暗。

阿夕全身裹著棉睡衣，靜靜坐著。接著，門外傳來阿光的聲音。她問阿夕是否醒了，阿夕回答一聲「是的」。

隔門開啓，黎明的晨光射向走廊。阿光端坐在走廊上，緊盯著阿夕。

她彷彿整晚沒睡，雙眼通紅，布滿血絲。

這天下午，阿光再度喚來阿夕，說要整理倉庫內部，要她幫忙。

女侍們都感到詫異。按照規矩，整理倉庫的工作都由阿光安排，向來都是選資深的女侍。畢竟倉庫裡有許多重要物品和値錢之物，這也是理所當然。

但沒人敢違抗阿光。阿夕緊張地跟在阿光身後走進倉庫。接著，阿光牢牢關緊倉庫的門。金色陽光斜斜透入高處的採光窗，細小的塵埃在光束中飛舞。說到倉庫內會動的物體，只有眼前的塵埃。

「妳坐那邊。」

阿光指向地板，率先坐下。動作顯得很吃力，不太像平常的她。阿夕想起今天早上阿光通紅的雙眼，看來阿光果然一夜沒睡。

「今天找妳來，不是要整理倉庫，而是有話想跟妳說。」

阿光緩緩道出正題。就近細看才發現，阿光的臉頰下方和眼窩的皮膚粗糙，長滿肉刺，而且氣色不佳。不過，她的眼神無比沉著，定睛注視著阿夕。

阿夕端坐在地板上。儘管如此，她還是動了動腳趾，以便隨時都能逃離。

「用不著害怕。」阿光莞爾一笑。來到兼子屋這麼久，阿夕第一次見到女侍總管笑。

「昨晚妳居然打敗了我，眞不簡單。」阿光抬起右手，摩挲著脖子，顯得一臉疲倦。

「一路追逐妳的，就是我。原本想從妳的體內抽走靈魂，但阿里的靈魂從中阻撓，無法成功。以爲七七四十九天已過，阿里的靈魂應該不會待在妳的身邊，沒想到她仍待在附近守護著妳。」

——七七四十九天明明過了。

阿夕想起在黑暗的棉被房中，那滿含惡意的東西不悅地留下這句話，頓時寒毛直豎。

這麼說來，那傢伙就是阿光嘍？

「沒錯，那就是我。」阿光頷首。「或者應該說，那既是我，又不是我。妳聽仔細了，我希望妳救我，才跟妳說這些事。」

阿光娓娓道出簾子屋遭詛咒的原由。

「這家店創業至今，已是第七代當家，經營十分成功。但很久以前，第一代當家爲了創立這家店，殺害某個男人，並藏起遺體。大概是金錢上的糾紛吧，詳情我也不清楚。」

那名死者的魂魄含恨留在人世，緊纏著建造在他的鮮血之上的簾子屋。簾子屋的歷任店主都早逝，恐怕就是這個原因。

「然而，緊纏著這個家並加以詛咒的冤魂，後來光是縮減店主的壽命，已無法滿足。爲了在這世上保有形體，得吞噬活人的靈魂，就像我們得吃飯才能活命一樣。因此，它先附在某個員工身上來到店裡，以奪取其他員工的靈魂。」

據說，每一代都有一名被附身的員工。有時是掌櫃，有時是女侍總管。在被附身者的安排下，逐漸訂下規矩，將員工帶進棉被房，奪取他們的靈魂。

「如今輪到我了。想向這間店和這個家報仇雪恨的惡靈，附在我身上。」

阿光十二歲到店裡工作，被惡靈附身是在二十歲那年。當時，她剛成爲簾子屋有史以來最年輕的女侍總管。阿光的口吻充滿苦澀，說她以過人的成就自豪，瞧不起其他員工，就是這份驕縱之心，給了惡靈可乘之機。

「被抽走靈魂後，人們就不會抱怨了。」阿光說。「不會怠惰，也不會貪婪。不會有想玩樂的童心，甚至連想家的念頭也不會有。看起來與一般人無異，行爲舉止也和普通人一樣，但內心空洞，宛如木偶。所以，兼子屋的員工才都那麼勤奮工作，令其他店家瞠目結舌。既不會生病，也不會受傷，因爲他們的身體有一半已死。」

於是店裡生意興隆，世人都佩服兼子屋，認爲他們在員工的管教上有過人之處。

然而，歷任店主無法打心底享受這樣的繁榮和好評。他們自知僅有普通人的一半壽命，最終會像被勾走魂魄般，不得不離開人世。只要上一代、上上代的店主都早死，接下來的店主從三十歲左右，就會擔心不曉得什麼時候會被帶往黃泉，這也是理所當然。

至於店主的妻兒，從人生的某個時期開始，被迫過著戰戰兢兢的生活，擔心哪天丈夫或父親會猝死。死神拿鐮刀抵著後頸，這種生活過得再富裕也高興不起來，內心當眞沒有片刻安寧。

這才是兼子屋承受的眞正詛咒。

「明天妳會遭到解僱。」

阿光轉身面向阿夕，如此說道。她的眼中微泛淚光。

「我會跟老爺和老闆娘說，要是妳待在店裡，會帶來不好的影響，到時候妳一定會被解僱。這樣就行了，妳不能再待下去。」

不過，在離開前，希望妳能幫我做件事——阿光移膝向前說道。

「廚房的水甕後面藏著一束榊木（註一）和一包鹽，今晚丑時五刻（註二），妳悄悄丟進棉被房，明白了嗎？一定要辦好。只要妳辦妥此事，就沒什麼可怕的了。」

懂嗎？拜託妳了！阿光緊抓著阿夕的肩膀，如此囑咐。阿光的力道不輕，隔著衣服清楚感受到她雙手的冰冷，阿夕不禁直打哆嗦。

「是，我答應您。」

阿夕顫聲應道。阿光咧嘴一笑，鬆開阿夕的肩膀，起身柔和地說：

「有阿夕的靈魂陪著，妳不必擔心。她令我甘拜下風，果然是堅定又有膽識的姑娘。」

「昨晚我在棉被房裡夢見姊姊。」

「是嗎……」阿光頷首，接著她側著頭尋思片刻，低喃一聲「抱歉」：「其實附在我身上的惡靈，無法抽除妳姊姊的靈魂。她來店裡工作五年，多次讓她睡在棉被房，卻始終沒能得逞。她一定很珍惜妳這個妹妹，及遠在他鄉的家人。」

想到姊姊，阿夕胸口一緊。

「對我來說，姊姊就像我娘。」她不自主地說道。

「這樣啊。儘管相隔兩地，但阿里想必片刻都沒忘記妳，所以不露一絲破綻。」

阿光閉上眼，彷彿有所領會，沉默了半晌。

「不過也是這個緣故，阿里才會落得那樣的死法。那是被惡靈附身奪命，這種事我實在受夠了。」

說完這句話，阿光拿定主意，猛然睜眼，伸手搭向倉庫的門，用力推開。她來到陽光下，影子落向地面。阿夕不經意望向她的影子，差點叫出聲。

地上映出阿光高大的身影，及頭上的兩支角。

那天夜裡，丑時五刻，阿夕遵照阿光的吩咐辦事。黑暗中，丟進棉被房的榊木，散發出強烈的草木氣味，令人壯膽不少。

翌晨，阿夕從淺眠中醒來，阿光旋即呼喚她，帶她去見店主夫婦，說她工作不認眞，當場解僱。店主夫婦微感困惑，始終打量著阿光的神情。

阿夕恭敬地伏身一拜，將隨身物品收進一個小包袱裡，離開兼子屋。無人爲她送行。來到大島村前，阿夕才開始害怕，雙膝不住打顫，完全無法行走。村裡的大叔路過，揹她回家。

之後過了十天左右，傳出兼子屋失火的消息。起火原因不明，店主被活活燒死，內宅和店面盡皆燒毀。由於前幾天女侍總管阿光逃離兼子屋，消失無蹤，官差和捕快懷疑她和這場火災有關，四

註一：即紅淡比，是神道儀式中常使用的道具。

註二：半夜兩點十五分左右。

處追查她的下落。

阿光的逃離，著實不可思議。她的日常用品全遺留在房裡，離開兼子屋之際，沒任何人瞧見。不過，就在她消失的當天，一名女侍看見身穿紅衣、年約二十的陌生女子，從阿光的房間走出屋外。大掌櫃聽聞此事，說神祕女子的外貌和衣服的圖案，與年輕時的阿光很相似，但一般人不可能突然返老還童，這話題也就沒繼續下去。

火災發生不久，人們挖開兼子屋的建地，在東北一隅掘出人骨。那是年代久遠的枯骨，嚴重變形，幾乎看不出原本的形體。因著這個緣故，頭上彷彿長了角。

最後，沒人知道那是誰的遺骨，也許不是人骨。

阿夕改到其他店家工作。那裡的女侍總管也相當可怕，罵起人來往往教她膽顫心驚。但這名女侍總管的影子和一般人並無兩樣，沒什麼好怕的。

兼子屋的事，阿夕幾乎已忘光，也不曾再夢見。不過，她仍會想起那件帶有阿里氣味的棉睡衣。早知道會發生火災，當初眞應該帶走。阿夕深有所感，如此暗忖著，一股懷念之情油然而生。

他走出村田屋的後門，向女侍打完招呼，正以稻草擦手時，巷弄裡傳來「箕吉、箕吉」的叫喚聲。轉頭一看，阿香揮著手跑來。

「太好了，終於找到你。」

阿香穿過後門，雙手撐在膝蓋上，上氣不接下氣地說道。

「阿糸說，今天是巳日（註），你應該會先繞來村田屋。」

「我家那口子怎麼了？」

阿糸臨盆在即。根據長屋那些大嬸的判斷，還要半個月才會有生產的跡象，不過這種事難料。箕吉感到不安，傾身靠向仍蹲在地上喘息不止的阿香。

阿香拚命搖手，回答：

「不，你誤會了。阿糸不要緊，什麼事也沒有。」

阿香應該是從大工町的長屋一路跑到佐賀町這處街角，不過看她一副痛苦的神情，箕吉突然有

註：財運提升的吉日，也是祭拜弁財天（七福神之一）求財的日子。

種感觸——大嬸也上了年紀。這也難怪。阿香與箕吉一家有多年的交誼，自箕吉還在掛圍兜的時候，雙方就是鄰居，後來房子失火搬家，更換店面，兩家人都一同經歷。從小就「大嬸、大嬸」的叫喚，常找她幫忙的箕吉，如今即將爲人父，所以阿香腿力變弱，實在是理所當然。

得知阿糸平安無事，箕吉馬上恢復冷靜。村田屋的女侍聽到交談聲，從屋內探出頭。

「大嬸，先喝杯水吧。」

阿香點點頭，仍氣喘吁吁。箕吉要了杯水，女侍爽快答應，捧來一個裝滿水的大碗。

「啊，太感謝了。」阿香一口喝掉半碗水，重重吐出一口氣。「抱歉，我這個報信的實在沒用。看來我上了年紀，不中用了。」

說完，阿香才望向箕吉。箕吉忽然發現，她的眼眶微微泛紅。

「阿園去世了。」阿香說。「你一出門，上總屋就派人來通報死訊。對方說，今天早上叫她起床時，發現被窩裡的她已全身冰冷。」

阿香那對小眼突然撲簌落淚。

「眞可憐。不過，這樣她就解脫了吧。」

箕吉一時無言，緩緩直起腰，雙手垂落身旁，膝蓋不住打顫。今天早上才剛開始做生意，桶子裡還裝著滿滿的菜籽油。他茫然思忖著——我要是不振作一點，恐怕會扛不回去。

「或許會有許多善後工作，你最好趕緊去上總屋一趟。只要告訴我巳日的老主顧有誰，我們會分頭幫你送達。我也會通知松吉一聲。」

一口氣說完，阿香以略胖的手背朝臉上抹了一把。

「阿園今年幾歲？」

「二十八。」箕吉回答。他們姊弟只差一歲。

「這麼說來，她病了十五年。」阿香再度低聲感嘆。「時間眞長，對吧。」

這句「對吧」，感覺不像是對箕吉說，而是對靈魂已離開肉體的枷鎖，此刻搞不好就在附近飄蕩的阿園說，箕吉不禁抬頭環顧四周。

當然，四周不可能有人。約莫是村田屋的某處種有梅樹，聞得到淡淡清香。這麼一提，箕吉才想到，姊姊很喜歡梅花。一旦凋謝就毫無用處的櫻花和杜鵑花，我最討厭了，梅花比它們好太多。此刻，箕吉甚至鮮明地憶起她那好勝的口吻。

十五年前的這個季節。

當時，箕吉一家人住在北六間堀町的裏長屋。父母、阿園、箕吉、最小的弟弟松吉，一家共五口。父親是挑著油四處兜售的油販，母親則是在佐賀町的藍染批發商「上總屋」工作，當了將近二十年的女侍。剛滿十二歲的箕吉，終於能幫忙父親的生意，他覺得自己快要能獨當一面，說起話漸漸帶點狂妄。

姊姊阿園早從七、八歲開始，便會代替忙碌的母親照顧弟弟們。過了十歲，已能張羅一家人的飯菜，左鄰右舍都誇她是能幹的少女。這時，住在箕吉家對面的阿香夫婦，常會請阿園幫忙，並頻頻誇她認眞。如果我們有像阿園這樣的女兒，家裡就放心多了——這已成為阿香的口頭禪。父親不必提，連平時很少向人誇耀的母親，每次聽到對阿園的誇讚，也總是喜上眉梢，得意洋洋。

在箕吉眼中，有時姊姊比母親嚴格。她常當著別人的面，毫不客氣地痛罵箕吉沒用、骯髒、不長眼、憨傻。但換成么弟松吉，則說他年紀還小，對他百般疼愛，很不公平。

儘管如此，阿園罵的也沒錯，箕吉自認已能獨當一面，但每次遇到這種場面，卻無力反駁。話說回來，女孩向來伶牙俐齒，而且年紀比他大，更有智慧，打一開始便勝負已分。因此，當時的箕吉對阿園滿是怨恨，眞要他說心裡話，他巴不得把這個姊姊掃地出門，或用草蓆裹住，丟進六間堀運河。

豈料，在初春的梅花陸續綻放時，所向無敵的阿園突然厄運臨頭。

事情的發端，是深川八幡宮附近的一家料理店僱員更替，一名從新年開始到店裡工作的女侍惹惱店主夫婦，匆匆請辭，於是急忙找人頂替——這消息透過有多年交誼的人力仲介商，傳進阿園的父母耳中。據人力仲介商說，對方是管教嚴格的店家，之前他送去的女侍沒能留任，他覺得顏面無光，絕不能再犯相同的錯，所以，這次希望找到認眞的好姑娘。換句話說，他相當看好阿園。

之前倒也不是沒有類似的提議，但父母認為，阿園認眞照顧弟弟們，將家中打理得妥妥貼貼，他們才能專心投入工作，因而每次都回絕，表示不能隨便讓閨女出外工作。然而，這次人力仲介商一再低頭懇求，希望他們答應。那是一家料理店，近年來佳評如潮，是足以與二橋的「平清」媲美的名店。不過，姑且不談百般不願的父母，阿園本人意願頗高。

箕吉表現得漠不關心，其實滿懷期待。他視爲眼中釘的姊姊如果出外工作，他再也不會挨罵。一旦出外工作，前五年只有藪入的日子可以返家，這樣一來，家裡就是箕吉的天下了。很好，妳儘管去吧，愈早去愈好。

不曉得是老天爺聽到箕吉的心願，還是受阿園的熱忱感動，父母很快首肯，應允人力仲介商的請託。當時阿園如花的笑靨，至今仍深深烙印在箕吉的腦海。阿香十分高興，說要趕緊替阿園張羅新衣服。恰巧六間堀長屋前方有一株新種的梅樹盛開，看到阿園和阿香在樹下開心地商量著什麼，箕吉不禁暗哼一聲。

然而——

當母親帶著阿園前去向人力仲介商答覆時，他的態度驟變，說料理店的事已結束，會介紹更好的工作給阿園，請他們再稍候幾天。

平時個性溫順的母親，也不禁光火。她一再逼問人力仲介商：「先前明明說非阿園不可，如今卻又更改，到底是誰的決定？我家阿園哪裡不好，你一定要說出個道理。」人力仲介商一臉爲難，支支吾吾講了許多藉口，但母女倆還是無法接受，不得已，最後他只能說出實情。

那家料理店解僱先前那名女侍，是嫌她出身鄉下，舉止粗魯，而且五官皺成一團，像隻打噴嚏的狗。老闆娘說，料理店是一種奢華的生意，端菜或從事內勤的女侍長得不夠體面會很困擾。管教可以日後慢慢來，外貌卻無法後天改造。

妳沒能獲選，原因就在此。當到之前那名鄉下姑娘苦頭的老闆娘，偷偷確認過人力仲介商推薦的姑娘面貌。另一名長得比阿園漂亮的姑娘，更吸引他們的注意，於是決定僱用她。

母親回到長屋後，氣呼呼地向父親哭訴，箕吉在一旁聽著。阿園沒流露沮喪的神情，但整個人像石頭一樣沉默不語，眼角浮現箕吉從未見過的銳利線條。

消息馬上在長屋裡傳開，隔天，這件事在六間堀町已無人不曉。連箕吉也替阿園抱屈，不過，看到所向無敵的姊姊首次落敗，他心裡略感痛快。附近的玩伴肆無忌憚地嘲笑阿園時，他跟著起鬨，挨了母親和阿香一陣訓斥。

阿園確實長得不好看，也許比一般人還不如。來到適婚年齡的姊姊，其實相當在意此事，只是箕吉毫不知情。

半個月後，沒人再提起阿園工作告吹的事，連那些調皮的小鬼也忘得一乾二淨。阿園本人和過去一樣俐落地幫忙家務，看起來若無其事。

當中，只有箕吉變得不太一樣。以前每次挨阿園罵，他就會和夥伴一起嘲笑阿園，現在那些話語仍會湧上喉頭，但他害怕惹禍上身，硬是嚥回肚裡，每天都是如此。他暗暗想著：既然我掌握了她的致命傷，就在眞正有需要的時候再來戳她的要害吧。這可說是充滿孩子氣的壞主意。如今回想，箕吉覺得自己實在是心術不正的壞孩子，深感羞愧。

當梅花散落，櫻樹枝染上一抹淡紅時，阿香帶著箕吉姊弟前往神社參拜。位於六間堀町東邊約兩百公尺處有一座神社，這天正在舉辦慶典。相傳這座神社供奉的神體，是這裡仍爲一片汪洋之際，從某處漂來的一面鏡子。那面鏡子能準確無誤地映照出人心的正邪，具有驅魔的神奇力量。

雖然是一座小神社，但只要日期逢五（註）就舉行的慶典熱鬧非凡，阿香常牽著箕吉他們來玩。阿香夫妻一起做燈籠生意，忙完當天的工作，就能稍稍放鬆。夫妻倆感情好，卻沒孩子承歡膝下，所以，這種時候總是特別疼愛箕吉他們，出手大方。

不過，阿香信仰虔誠，儘管孩子們受慶典擺設的攤位吸引，高興得大呼小叫，她也一定會要他們先到神社裡參拜。箕吉不懂什麼是信仰，向來都是阿香壓著他的頭行禮，然後朝神明拍手膜拜。松吉還小不懂事，總是乖乖模仿阿香的動作。阿園則是恭敬地雙手合十，朝正殿深深行了一禮，似乎這樣才滿意。接著，她對阿香說：

「大嬸，我想抽籤。」

在正殿旁的屋舍，有一處可抽籤的地方。阿園在慶典的日子都會到這裡抽籤，然後寶貝地塞進衣帶內，帶回家中。箕吉一直覺得很無趣。

「當然好，妳去吧。」

阿園踩得碎石子路沙沙作響，擠進狹窄神社內往來的人群中，不見蹤影。聽著阿香牽在手裡的松吉嚷著要吃這個、要吃那個，箕吉的注意力全被吸引過去，但仍極力擺出「我是獨當一面的大人了，對慶典根本不感興趣」的表情。

註：每月的五日、十五日、二十五日。

始終不見阿園回來。過了一會，她才從人群中露出臉，不像平時那樣，將細長的白色紙籤夾進衣帶，而是像懸吊著老鼠或昆蟲屍骸，以手指捏著。

「哎呀，妳怎麼了？」阿香露出納悶的神色。

「大嬸……」阿園瞄弟弟們一眼後，悄聲回答：「我抽到大凶。」

阿香驚訝得直眨眼，迅速取過阿園手中的籤細看。

「嗯……這個嘛……」

「我這是第一次。」阿園雙眉微蹙。

「不用在意。人們不是常說，當運氣跌到谷底，接下來就會一路好轉？只要把籤綁在那邊的樹枝上，還給神明就行了。」

阿香突然抬眼望向神社內的梅樹。花瓣落盡的枝椏向外挺出，彷彿在催促人們把紙籤綁在那裡。早有幾名香客綁上紙籤，取代花朵，點綴枝椏。

「也對。」

阿園如此回應，鬆開眉頭。她朝梅枝踮起腳尖，笑道：

「松吉急著要逛攤位，大嬸，請先帶他去吧。這孩子一直很想看捏糖人。」

阿香分別牽著松吉和箕吉，說了一聲「我們走吧」，便往回走。箕吉覺得被阿香嬸牽著走，很像小孩子，心裡十分排斥，極力扭動身軀，甩開阿香的手。這時，他不經意地轉頭望向姊姊。

阿園將紙籤繫上梅枝。光是這樣不足為奇，但箕吉見姊姊喃喃自語，不禁感到疑惑。

阿園念念有詞地綁著紙籤。她的側臉無比正經，眼角的線條和當初沒被料理店僱用、失望而回的那天一樣，顯得異常銳利。

箕吉有股不祥的預感。

忽然，原本注視前方的箕吉，與綁好紙籤垂下手、轉身望向他的姊姊，恰恰四目交接。姊姊定睛凝睇著箕吉。箕吉像被她的目光一口咬住，感到一陣刺痛。

阿園旋即移開目光。箕吉急忙轉回前方，握住阿香的手。姊姊很快追上來，和他們一起走，並說了些話，但箕吉始終不敢抬頭看她。

之後，又過了十天。

箕吉和父親一起做完生意返家時，難得母親已先到家，在門口和阿香聊得熱絡。一見到丈夫，她鬆了口氣，呼喚「啊，孩子的爹」。

「我剛才從阿香姊那裡聽說……」她轉頭望向阿香，「那家料理店，就是之前說要僱用阿園的店……」

父親把油桶放下，沒把話聽完，便一臉不耐煩地點頭應道：「怎麼了嗎？」

「搶在阿園之前到店裡工作的那名女侍，染上了天花。」阿香接著說：「她被送回老家，不過他們做的是招待客人的生意，所以鬧得雞飛狗跳。」

「這麼看來，阿園無緣去那裡工作，反倒值得慶幸。」母親撫著胸口。

「是否稱得上美女，等天花痊癒才能見眞章。」阿香不懷好意地嘀咕：「用長得美醜當藉口，嫌棄我們阿園這般好性情的姑娘，這是老天給他們的懲罰，活該。」

「好啦，阿香姊，那名姑娘是無辜的。」父親平靜地回道。

「對了，那名姑娘住哪裡？得叮嚀孩子們少靠近才好。」

「在元町，就位在田安大人的宅邸後面。」

「每到秋天，小箕和小松不是都會去撿栗子嗎？那邊或許有他們的玩伴，還是小心爲妙。」

「離這裡眞近。」父親臉色凝重起來。

「我們家一向認眞祭拜疱瘡神（註）。」母親伸手搭在箕吉肩上，「當初染上天花，我很快就痊癒，你也一樣吧？我們家的孩子都沒事。」

「阿園在哪裡？」

「帶松吉去辦事。」

他們在閒聊時，正好阿園返回。母親快步上前迎接，告訴她這個消息。令人吃驚的是，阿園聽完居然臉色發青。

「哎呀，阿園，妳怎麼面無血色？」

阿香大爲詫異，想將阿園摟進懷裡，阿園粗魯地甩開，實在不像平常的她。

「阿園……」

妳怎麼了？在這聲詢問下，阿園赫然回神，頻頻眨眼。

「啊，對不起，我嚇一大跳。」她顫聲低語。

「這也難怪，想到要是妳在那家店工作，一定會覺得很可怕。」

「阿香姊，在那家店不見得會染上天花。」父親在一旁打圓場。「那是一種傳染病，不管人在哪裡都得小心。」

「話是沒錯，不過也因爲這樣，我才稍稍消氣。」阿香不客氣地說著，鼻翼翕張。「阿園，妳說對吧？」

阿園沒回答，兀自低著頭，像專心窺望著暗處。箕吉不自主地望向她的腳下，但似乎只有阿園才看得見，箕吉什麼也看不到。僅有在春風吹拂下，從某地吹來的一、兩片櫻瓣，落寞地飄落在布滿塵埃的地面。

那天晚上，阿園夢囈，放聲尖叫，從床上彈跳而起。別說家裡的人了，連長屋裡的住戶都被她嚇醒。問她怎麼了，她只說做了個惡夢，然後蓋上棉睡衣。但過沒多久，她又猛然驚醒，一夜沒睡。

一天過去、兩天過去，每次入夜，阿園就提心吊膽，難以成眠，身體變得無比虛弱。食不下嚥，也不開口說話，三、四天過去後，她已病懨懨。原本是活力百倍的人，短短數天就病得無法下床，該不會是染上比天花更可怕的傳染病吧？長屋裡人心惶惶。

註：疱瘡即爲天花。

父母擔心得睡不著，無法出外做生意。箕吉和松吉交由阿香夫婦暫時照料。房屋管理人請來的大夫，不管再怎麼細心診斷，仍看不出阿園的身體到底哪裡出了毛病，最後只說是心病。他問，這女孩最近是否有什麼煩心事？大家唯一想到的，就是料理店的女侍染上天花。大夫聞言，偏著頭說：那應該是害怕得天花的一種病吧。不過，這種病例根本前所未見，聞所未聞。

阿園躺了幾天後，那名人力仲介商前來探望，說：「阿園是這麼好的姑娘，我一直想替她找份好工作，彌補之前的虧欠，但怎會變成這樣？眞教人心痛。」看他的模樣似乎眞的很心痛，並非只是隨口一提。

離去時他還說：「料理店的那名女侍，昨晚過世了。枉費她長得那麼漂亮，臨終前滿臉麻子，死狀淒慘。」母親聽聞，深深嘆口氣，喃喃低語，傳進了箕吉耳中。

「看來，那女孩和阿園都被邪惡之物迷惑了。」

箕吉思忖著，那天姊姊望著一個別人看不見的幽暗坑洞，裡頭到底有什麼？

日子一天一天過去，阿園始終不見好轉。父母終究無法拋下工作不管，只得出門賺錢。如此一來，白天陪在阿園身旁看顧她，照料她起居的工作，自然落在箕吉身上。

阿香也會幫忙，但她沒辦法整天陪著阿園，還得照顧松吉。箕吉以眼睛餘光留意著躺在床上的阿園，一邊代替阿園處理之前全由她一人打理的家中大小瑣事。

箕吉深深感受到，過去阿園爲家裡的付出多麼値得感謝。阿園做起來駕輕就熟的事，到了箕吉手裡，樣樣叫苦連天。淘米、洗菜、洗衣、汲水，箕吉忙了一整天，卻連阿園一半的工作量都做不到。

阿園整天躺在墊被上，與先前健康的時候相比，足足瘦了一大圈。她不發一語地望著泛黑的天花板，叫她不回應，跟她說話也不搭理。箕吉想到自己之前只會憎恨姊姊，便討厭起自己，認爲自己不但笨，心腸又壞。端著阿香煮的米湯到阿園枕邊時，箕吉扭扭捏捏地說：對不起，我之前都不聽妳的話。

這時，阿園仰躺著落下淚水，旋即轉爲放聲號啕，從棉睡衣裡伸出雙手，掩面哭泣。箕吉不知所措，急忙去找阿香。阿香趕到後，阿園仍哭個不停，就算將她摟在懷裡，也一樣抽噎不止。過了半晌，阿園一面拭淚，一面請箕吉幫忙取來手巾。接著，她擦了把臉，轉向阿香和箕吉前，以手巾覆住臉。

「阿園，妳眞是的，這是在做什麼？」阿香擔心地伸出手，想取下手巾，阿園卻默默後退。

「大嬸，讓我維持這樣吧。」

「可是，妳……」

「我沒臉面對大家。在我感到心安之前，就維持這樣吧。我求您了。」

最後在阿園的請求下，阿香妥協，任由她以手巾蒙臉。連父母也不敢反對，眼下只能順著阿園，讓她心安，靜靜等候她內心的傷痛痊癒。

在櫻花盛開的春天，阿園臉上始終蒙著手巾。她不希望任何人看見，從早到晚都把臉藏在手巾底下。更換手巾挑在半夜，大家皆已入睡，沒有旁人目光的時候。既不泡澡，也不洗臉，好不容易願意進食，但連用餐都是將筷子伸進手巾底下。

長屋的人都說，阿園終於瘋了。

過了一個多月，某天發生一件事。

一早便降下綿綿春雨，父母出外做生意，松吉在阿香家玩。箕吉在井邊洗完衣服，頂著一頭溼髮返回家中，發現阿園已睡醒，坐在床上。

「姊，妳怎麼了？」箕吉急忙詢問。最近阿園很少在沒人幫忙的情況下自行起身。

「要上廁所嗎？妳站得起來嗎？」

箕吉靠近後，阿園將罩著手巾的臉轉向他，微微側著頭悄聲問：

「你進門時，有沒有和一名女子擦身而過？」

箕吉沒遇見任何人。他渾身發毛，不懂姊姊爲何會這麼說。

「我沒和任何人擦身而過。」

「哦，是嗎？」阿園如此應道，緩緩頷首。「你看不到吧，那就好。」

「姊，妳在說什麼啊。」

箕吉走近姊姊的墊被旁。阿園從睡衣袖口露出的手腕，比松吉還細，像老太婆一樣布滿皺紋。

「剛才千代來過。」阿園說。

「千代是誰？」

「到那家料理店工作的姑娘。」

箕吉大吃一驚，沒想到姊姊居然知道那姑娘的名字。

「我很清楚千代的事。」阿園彷彿早一步看穿弟弟的心思，接著道：「畢竟她是出了名的美女。她是否知道我的事，我不清楚，但她的一切我全知道。」

姊姊好一陣子沒像這樣說話，箕吉不想打斷她。另一方面，他又覺得不該只是靜靜聆聽，不該讓姊姊繼續說下去。

「千代雖然長得美，卻是個懶惰鬼。」阿園繼續道：「還常常把別人和自己的東西搞混，分辨不清。」

箕吉很想勸「姊，別再談死人的事了」，卻說不出口，舌頭好似縮進喉嚨。

「所以，當她得以到店裡工作，而我被打回票時，我真的非常不甘心。居然礙於美醜的關係，敗在那種女孩手下，我既懊惱又憤怒，晚上根本無法入睡。」

阿園包覆著手巾的腦袋不住搖晃。

「你記得我抽中大凶的籤嗎？」

怎麼突然提起這件事？箕吉十分詫異。但阿園的口吻，帶有一股不容分說的氣勢，而且箕吉也還記得，於是輕輕應了聲「嗯」。

「是嗎？果然沒錯，我就知道你一定記得。因爲我的表情應該很可怕。」

接著，阿園呵呵輕笑。

「另一件事，不知道你是否記得？當時你還小，可能忘了吧。就是阿香孅提到她的家鄉山神那一次。」

阿香夫婦出身上州的農家。二十歲左右，他們沒辦法混飯吃，只得逃到江戶。她不時會提到家鄉，大多是以前艱苦的生活，所以箕吉向來沒認眞聽。

「大嬸的家鄉一座祭祀山神的祠堂，有個奇特的傳說。若有人抽中凶籤，就會繫在神社後方的梅樹上，然後許願——請將凶運轉給代替我的某某某。」

這件事箕吉沒聽過。

「許願時一定得說出聲，否則山神聽不到。要是排斥這麼做，只是把紙籤繫在梅枝上，什麼也沒說，凶運會加倍回到自己身上。」

箕吉感到背脊發涼。春雨理應是溫熱的，他卻覺得全身一路冷到腳尖。

「那是大嬸家鄉的傳說吧？」箕吉刻意粗魯地回應，「搞不好是編出來的故事。」

阿園再度笑出聲，聽得箕吉差點發抖。

「是啊，姊姊原本也這麼想。反正不可能成眞，所以當時我照做了。」

「妳照做了？」

「將大凶的紙籤繫在梅枝上，同時出聲許願，請山神將凶運轉嫁給千代。」

箕吉不發一語，耳畔只聽到沙沙雨聲。

「千代會染上天花，全都要怪我。」阿園堅定地低語。「所以，千代生我的氣。」

「姊，別再說了。現在說這些也沒用吧。」

「剛才她來找我，就在那裡。」

阿園轉動覆著手巾的頭，朝門口的方向努努下巴。手巾晃動，瞬間露出她尖細的白皙下巴。

「今天是千代七七四十九天的日子，她果然來找我了。」

箕吉粗魯地起身。爲了趕走恐懼，他大聲咆哮：

「姊，別再說了。我不想再聽這種事。」

阿園緩緩抬起頭，簡短地啞聲道：

「對不起。」

阿園抬起手，取下手巾，露出臉龐。箕吉已好幾十天沒好好看清楚姊姊的面容了。那不是箕吉熟悉的臉孔，長滿青黑色的腫包，病情嚴重，幾乎無法分辨口鼻。唯獨一雙清澈得令人哀傷的眼瞳，仰望著箕吉。

箕吉發不出聲音，內心慌亂，連滾帶爬地逃出屋外。他雙腳打結，一頭跌進春雨的泥濘中，才放聲大喊。阿香衝出屋外，連忙問他怎麼了。

阿園癱坐在墊被上，上下晃動手巾遮蓋的頭，發出嘿嘿嘿的笑聲。像在配合不斷飄降的春雨輕細的聲響，阿園的笑聲忽高忽低，不曾間斷。

從那之後，她再也沒恢復理智。

箕吉回到長屋，只見阿糸捧著渾圓的肚腹坐在地上，打開箱籠，將白布襪和襯衣擺好。

「雖然一直受上總屋關照……」阿糸眼角泛淚，「不過，娘生前曾吩咐我，入殮時要讓她穿上。這些是娘親手縫製的。」

「由我拿去。」

聽阿香說，上總屋會出錢替阿園下葬。既然照顧她這麼久了，就一路送她到最後吧——上總屋的提議，令人感激不盡。箕吉再度想起，母親生前曾一再叮囑，睡覺時腳絕不能朝著上總屋的方向。

十五年前的春天，阿園徹底發瘋，箕吉一家不曉得如何是好。母親不時嚷著要和阿園一起死，於是，母親服務多年的上總屋提議，他們在向島的別館有空房，不如讓阿園去那裡住吧。當眞是及時雨。

——阿園不是難照料的病人，而且只要妳有空的時候去照顧她就行了。不過，條件是妳得住在別館幫傭，這樣可以吧？

母親喜極而泣。一些口無遮攔的人頻頻對外放話，說上總屋以前也有一位發瘋而死的小姐，所以無法坐視不管，那間房正是用來監禁的牢房。不過，這些事都無關緊要。

最後，母親住在那邊幫傭，同時照顧阿園，一待就是十三年。在這十三年的時間裡，父親意外染上傳染病逝世，箕吉匆匆接下賣油的家業，松吉則是出外工作，受到店主賞識，招納爲女婿。雖然發生不少事，母親的生活仍一直圍繞著阿園。前年母親去世後，箕吉做好心理準備，這下勢必得從上總屋接回阿園了。但上總屋心胸寬大，說現在才要阿園離開，未免太可憐，不妨繼續留下，由我們照顧她吧。

於是，阿園在上總屋走向人生的終點。

阿糸待在家中，箕吉抱著她整理好的襯衣包袱，急忙趕往向島。清晨晴朗的天空，逐漸烏雲密布，來到半途下起小雨。因著下雨的緣故，梅花的香氣似乎益發濃郁。

來到上總屋的別館，掌管屋內大小事務的資深男夥計走出，帶箕吉進入內宅。箕吉在某個房間恭敬等候，一名年約四十、個頭嬌小的女侍前來與他會面。對方雙手疊放在榻榻米上行禮問候，說她叫阿紺，對阿園姊的遭遇感到很遺憾。

「是您負責照顧家姊嗎？」

「是的，這兩年來，我奉老闆娘之命照顧她。」

「感激不盡。」箕吉深深行一禮。思索著該如何致謝時，阿紺早一步打斷他。

「老爺和老闆娘都說，見人有難，不能坐視不管。外人似乎總愛閒言閒語，但世上終究還是有這般菩薩心腸的人。」

「在下明白。」

請入內見阿園姊一面吧——阿紺起身。箕吉隨她來到走廊。

腳底傳來木板冰冷的觸感，箕吉突然一陣害怕。

「家姊她……」

話說到一半，箕吉頓時打住。她臉上的腫包還是一樣嗎？爲了遮掩，她臨終前臉上仍覆著手巾嗎？

阿紺搶先開口：「她的遺容莊嚴，彷彿睡著了。」

與阿紺間隔一步的箕吉，不自主地停下。「遺容莊嚴？」

「是的。」阿紺的神情就像在說「有什麼好驚訝的」。

「雖然很清瘦，但她的遺容十分安詳。」

「那手巾呢……」

「一直到她死前都罩著。」阿紺的話聲有些陰沉。「不過，手巾下的臉很好看。」

「她痊癒了嗎？」

面對箕吉的詢問，阿紺蹙眉不解：

「您說『痊癒』是什麼意思？」

「家姊的臉……」

「阿園姊的臉怎麼了？」

「沒任何異狀嗎？」

「異狀？」阿紺緊盯著箕吉，「阿園姊到去世為止，沒有任何肉眼看得出的疾病。關於這一點，您一家人應該都知道。」

箕吉感到一陣暈眩。

「剛開始陪在阿園姊身旁時，她的神智偶爾還清醒，曾對我說，她做了愧對世人的壞事，所以臉上罩著手巾當懲罰，希望別取下。由於老闆娘特別叮囑過，我很明白。因此，我是在阿園姊斷氣後才取下手巾。至於她到底做了什麼壞事，我們都不知道，不過，看她的遺容如此安詳，想必懲罰已結束。」

箕吉總算回了一句「這樣啊」。

這麼說來，她之前臉上的腫包是怎麼回事？那張駭人的臉，難道只有當時的阿園和箕吉才看得見？

就是這種懲罰嗎？

「請往這邊走。」

箕吉循著阿紺的引導，穿過昏暗的走廊。阿紺準備打開走廊盡頭的隔門時，一股濃郁的梅香撲鼻而來。

箕吉一驚，眨了眨眼。同時，身旁傳來衣服的磨擦聲，感覺有個年輕姑娘與他擦身而過。

「請問……」

阿紺手搭在隔門上，轉頭望向箕吉。箕吉回過身，望向空無一人、擦拭得無比晶亮的走廊。

「不，沒事。」

說完，他悄悄走進門內。

阿園朝北而臥。蓋在她身上的棉睡衣幾乎沒鼓起，平貼著地面。

在枕頭的支撐下微微抬起的臉龐，罩著一塊白布。

箕吉屈膝跪在阿園的墊被旁。阿紺恭敬地合掌一拜，取下阿園臉上的白布。

窗外的雨聲突然變得響亮。

「姊。」箕吉出聲叫喚。

阿園面露微笑。那張臉和她勤奮工作的少女時代一模一樣，純潔又開朗，不帶一絲不祥的暗影。箕吉清楚感到十五年的歲月無聲飛逝，不禁泛起微笑。

一陣梅香飄來。有人踩著輕盈的步履，從走廊上遠去。箕吉清楚聽見腳步聲，但他明白，不管再怎麼探尋也無法看見對方的身影，所以他只是默默執起阿園的手，緊緊握在手中。

安達家的妖怪

婆婆去世時，下了一場雷陣雨，路面和庭院都像遭石礫擊中，沙沙作響。由於這個緣故，婆婆在闔眼前說了些話，但沒能聽清楚。約莫是在叫喚某人的名字，可惜無法確認。不過，她臨終前的面容彷彿睡著般安詳，嘴角還掛著淺笑。

半個時辰前就守在枕邊的良庵大夫，光禿的腦袋微偏，溫柔地對我和端坐在我身旁的丈夫富太郎說「老夫人往生了」。那天，我們從早上便一直待在婆婆床畔，並未交談，富太郎不時會探頭看婆婆，露出若有所思的眼神。聞言，他整張臉皺在一起。

「她的遺容很安詳。」

大夫將婆婆的雙手盤放在胸前，如此說道。

「像是在等待某個歡樂的儀式到來的小姑娘，你們不覺得嗎？」

確實如同大夫所言，我受到婆婆的神情影響，嘴角輕揚。沒能聽清楚的遺言，一定是那個「妖怪」的名字。哎，最後她還是不願意明白告訴我。我胡思亂想著，淚水溢出眼眶。

「眞是漫長啊。」富太郎低語：「不過，娘看起來相當滿足。妳說是吧？」

富太郎彷彿在尋求慰藉，手搭在我地胳臂上。我也伸手疊向丈夫的手背，頷首應道：

「是啊，她這一生過得非常幸福。」

三年前的春天，我嫁進笹屋。當時，婆婆的身體狀況已大不如前，一年裡幾乎有一半的時間臥病在床。在婆婆身旁服侍的，是名叫小玉的丫鬟，年約十五。她個頭嬌小，模樣機靈，頗爲好勝。不過，她的伶俐似乎反倒令病人感到礙眼，婆婆對她多有牢騷。

正常人往往會如此，阿玉也不例外。她在照顧病人方面確實不夠細心，加上老挨罵，於是失去幹勁。因此，當我嫁來半年後，主動提議從今天開始負責照顧婆婆時，阿玉喜不自勝。她雙手高舉過頂，喜孜孜地大聲說「啊，這樣我就清靜了」。

當然，阿玉身爲女侍，不該對店主夫人說這種話。但當時我才十八歲，兩人年紀相近，而且在嫁進笹屋之前，我是松竹堂的女侍。松竹堂是與笹屋生意往來密切的一家紙批發商，這些阿玉全都知悉。女侍出身正是我的長處，才能嫁進這裡，算是背景特殊的媳婦。阿玉約莫認爲我算是自己人吧，跟我說話毫不顧忌。對了，在眾人面前另當別論，私底下阿玉從不叫我「老闆娘」。

「整天關在充滿藥味的房裡陪伴老人，心情會變得很鬱悶。妳以後有苦日子過了，眞教人同情。」

阿玉毫不避諱地說著，笑了起來，嘴角彷彿掛著棘刺。

笹屋是專賣筆墨的小店，但擁有一些土地，家境還算富裕。宅院廣大，同一占地內，除了店面和家人、員工們生活的主屋外，隔著小巧的中庭，還有一幢約十五坪的別館，婆婆就住在那裡。婆婆午睡時，我和阿玉會在寢室隔壁的小房間聊天，不管說得多露骨，只要不大聲嚷嚷，都不擔心旁人聽見，因此阿玉總是毫無忌憚。

「聽說，妳在松竹堂照顧生病的老太爺，長達五年之久是吧？」

的確如此。松竹堂的老太爺中風多年，我十歲到店裡當帶孩子的丫鬟，等嬰兒長大，就接著照顧老太爺。他是個任性的病人，比嬰兒難照顧，令我傷透腦筋。

老太爺在我出嫁前三個月逝世，應該說，他終於離開人世。對於一直負責帶孩子和照顧病人的我，店主不知該安插什麼工作才好，這時笹屋突然來提親——就是這樣的經過。

不知該如何安插的女侍，非但沒遭解僱，反而有人上門提親，實在不合常理。坦白說，起初松竹堂的老闆和老闆娘告訴我這件事時，我納悶不解。如同我剛才提到的，笹屋是富裕的商家，像我這種出身的人根本無法高攀。如果笹屋的店主重視女人的美貌，倒還能解釋，但我不知道笹屋店主的長相，也不知道他的人品，更重要的是，我不是什麼美貌過人的姑娘。

面對這樁不合情理的婚事，我面露怯色。松竹堂的老闆望著我，露出苦笑。老闆娘則是直截了當地坦言這樁婚事真正的「緣由」。

「笹屋的老闆富太郎今年三十歲，至今仍未娶妻，並不是討厭女人的緣故。他年輕時，可是和我家老爺玩遍花街柳巷。」

松竹堂老闆只能在一旁苦笑。

「笹屋有位老夫人。她是富太郎先生的母親，身子骨不好，又上了年紀，算是半個病人，但頭腦極爲精明，富太郎先生在她面前根本抬不起頭。畢竟笹屋是富太郎先生的雙親攜手建立的店家。」

笹屋的上一代店主，也就是富太郎的父親，在富太郎二十五歲那年驟逝，據說在做生意方面眼光獨到。關於這一點，婆婆是這麼說的，應該不會有錯。婆婆曾清楚明白地表示「雖然我不曾愛過他，但他的工作態度令人著迷」，而且不只一次。

「第二代當家富太郎繼承父親的天分，善於經商，所以笹屋日後會更具規模。像他這樣的店主，當然不可能沒人上門說媒。實際上，上門說媒的人多如過江之鯽。不過，富太郎先生十分吹毛求疵。」

松竹堂老闆撫著下巴說道。

「或者該說，他相當爲母親著想吧。總之，條件愈好的婚事，富太郎先生愈不感興趣。所謂條件好的婚事是什麼呢？例如，對方是大店家的千金、家境不富裕卻出身不凡的御家人（註）之女、生意夥伴的女兒，各種對象都有。這些富太郎先生全看不上眼，爲什麼？從這種好人家娶來的媳婦，會瞧不起老夫人，不會由衷孝順她。他曾說，父母是白手起家，認眞工作多年，才立下現在的基業，好不容易晚年能享享清福，要是娶來一個背景不凡的媳婦，得對她百般顧忌，未免太可憐，乾脆選個出身平庸的女侍當媳婦。就是這麼回事。」

「不過，如今已不能從笹屋的女侍當中挑媳婦。」老闆娘嚴肅地搖頭，「這麼做會打亂店裡的規矩。不管怎樣，得從外面挑媳婦才行。」

明白了嗎？像妳這樣的姑娘最合適，兩人異口同聲道。

「而且，妳很習慣照顧病人，在我們這裡表現得相當稱職。笹屋的老夫人似乎不好伺候，女侍往往束手無策，所以妳嫁入笹屋後，只要專心照顧婆婆就行。富太郎先生要的，就是有這種認知的媳婦。」

原來是這樣一門婚事。俗話說「招婿攀高門，娶妻求貧家」，仔細聽他們解釋，也就不再那麼納悶了。不過，當時我心想，富太郎這個人或許眞的很孝順，但未免太主觀。出身豪門的千金不見得會是驕縱的媳婦吧，得看他是怎樣的丈夫而定。但既然他的個性如此認眞，想必人品不差……

縱使我不認同富太郎先生的想法，也沒立場拒絕這門婚事。倘若我拒絕，就是違抗松竹堂的店主夫婦。爹娘早逝，我輾轉由親戚照顧長大，在我眼中，從我到店裡帶孩子的時候起，照顧我多年的松竹堂恩情更勝父母。況且，我並無心上人，女人終究得嫁人，既然對方有意娶女侍出身的人當媳婦，我也比較不受拘束。其實這沒什麼，打一開始就不是嫁人當媳婦，而是以女侍的身分換店家服侍罷了——只要這麼想，就不會左右爲難。

於是，我嫁入笹屋。

我們並未舉辦婚禮，也沒爲親人設筵。事後我才從員工口中得知，笹屋的親戚強烈反對這門婚

註：幕府將軍的直屬家臣，奉祿一萬石以下，有資格謁見將軍者，稱爲「旗本」，無資格謁見者稱爲「御家人」。

事。他們說，回絕那麼多上門的好婚事，刻意挑了這麼一個女侍出身的媳婦，眞是丟人，還想風光地辦婚禮，簡直不像話。當然，他們也不認同我是笹屋的媳婦。

這麼一提我才發現，自從嫁入笹屋，我從未逐一拜訪親戚問候。對親人和家人沒半點印象的我，完全疏忽這方面的人情義理，只好急忙向富太郎道歉。

「不要緊，自我決定娶妳的那一刻起，早有心理準備會遇上這樣的紛擾。說到往來，只是有名無實，往往是他們給我找麻煩，我根本不在乎。我是個生意人，比起爲了得到好處而親近我的親戚，同業聚會裡的朋友更重要。」

丈夫如此安慰我。

從這番話語中得知，富太郎溫柔又正直，我意外嫁了個好丈夫。頭腦好又懂得深思熟慮的人，往往會有不知變通，或話一說出口就沒有轉圜餘地的缺點，不過，要我放下身段配合他並不難。原本我就不懂怎麼做生意，自然不會反對富太郎的決定。至於家務，雖然富太郎會有些意見，但都是瑣事。例如，妳枕頭太低了，血路會鬱積在脖子上，對身體不好，要睡高一點；煮冬瓜不能放太多醬油；雖然天冷，衣服不能穿太厚——都是這類的事，十分容易調整。

光談這些前因，就花了不少時間。過了半年，熟悉家中事務後，我才從阿玉手中接過照顧婆婆的工作。當然，在這之前，我都善盡媳婦的責任，幾乎每天都到別館噓寒問暖，但沒寸步不離地陪在一旁，所以不清楚實情。坦白說，想仔細照顧婆婆的念頭，和擔心是否眞能勝任的不安，在我心中拉鋸。

如同剛才提到的，阿玉對我毫無顧忌，與我嫁來這裡的原由有關。阿玉很清楚這件事，才會對我肆無忌憚。

員工形同是划動店家這艘船的船槳，但絕不能掌舵。如果是決定行進方向的船老大，必須分析水流，觀察周遭的景象，選擇正確的航路，但以船槳的身分負責划水，就沒必要顧慮這些事。正因如此，可看清船內的一切，畢竟多的是時間觀察。在這層意義上，阿玉就像只看見眼前事物的船槳。

「眞搞不懂老爺在想什麼，老是在乎那個老太婆的感受，謝絕好人家的千金，刻意選了妳這樣的媳婦。」

她說話眞毒，但不無道理，我無從反駁。不過，直接稱呼婆婆爲「老太婆」，我不能默不作聲，所以我出言訓斥，但阿玉只是莞爾一笑。

「不管怎樣，我終於能擺脫那個死氣沉沉的房間，得好好感謝妳才行。妳認眞幹吧。」

阿玉繞過走廊，朝主屋的方向離去後，我撫著胸口，起身準備步入婆婆的寢室。這時，紙門突然開啓，我嚇一大跳，只見婆婆往外探頭。

「哎呀，妳居然任憑她大放厥詞。」婆婆笑著說：「阿玉放著不管無妨，她遲早會遭到報應。」

接著，紙門再度關上。我就像被狐狸耍弄，呆立原地。

婆婆絕不是難討好的病人，也不是難伺候的「老太婆」。在她身旁服侍後，我馬上發現這一點。

松竹堂的上一代當家，是難伺候的病人。由於中風，無法隨意行動，他滿肚子怨氣，甚至還老不修，年輕的我常被惹哭，無人訴苦，只能忍氣吞聲。

相較之下，婆婆簡直猶如菩薩。她會清楚下達指示，說要我替她做什麼、別做什麼，明瞭易懂，從來不會話中有話。要是婆婆說「我要小睡一會，請讓我一個人清靜一下」，真的如同字面上的意思。要是她說「我們來聊聊吧」，便真的是這個意思。倘若她說「我來看看妳的針線手藝吧」，我只要把針線盒和作業台拿來即可。

婆婆喜歡聊往昔的一切，談富太郎出生的情景、他們夫妻開店前的艱苦歲月——我沒見過父母，也一直沒機會聽他們那個時代的故事，所以我聽得津津有味。老年人總會重複同樣的話，很多人會覺得無聊，產生反感，但像這樣反覆聽家裡的長輩聊往事，我倒是從未有這種體驗，十分開心。

一個月後，婆婆說到愉快的故事我會大笑，談到可怕的遭遇，或做生意孤注一擲的經歷，我會聽得掌心冒汗。我並非一味迎合，而是真的愉快地聽她說。婆婆應該也能察覺，某天我們一起縫製浴衣時，她突然停下手中的針線，感慨地望著我說：

「看來，妳以前過著很孤單的日子。」

我想了一會後回答——坦白說，我一直是一個人，就算孤單，也沒有孤單的感覺。

「也對。」

婆婆深有所悟地頷首。

「滿十八歲之前，妳一直在帶孩子、照顧病人，難怪對世事一無所悉。」

接著，她眨眨眼，一本正經地問：

「不過，妳可曾有心上人？」

我大吃一驚，會語塞也是理所當然。她曾成爲我的婆婆，只因我是富太郎的妻子。在嫁入門之前另有心上人，這種話怎麼可能肆無忌憚地直說？

但不曉得是幸還是不幸，我從未嘗過愛情的滋味。我的少女時代，跟躺在病床上無法動彈的松竹堂上一代當家緊緊綁在一起。現今的時代，年輕女侍人手一冊的圖文小說，當時沒那麼容易取得，所以連故事裡男女幽微的情愫，我也不懂。

「看來，妳不曾有心上人。」

不知爲何，婆婆看穿我的心思，搶先說出來。

「我早料到了。」

這句話令人費解，我忍不住問她怎會知道。

婆婆莞爾一笑，回答：

「你雖然不討厭富太郎，但約莫也沒愛意吧。對女人來說，當人妻子就像工作，妳應該是抱持著當女侍的心態，和富太郎結爲夫妻吧？」

我沒說這樣不行——婆婆彷彿在安慰我，補上一句。

「不過，這樣眞的很孤單。我希望妳能體會戀愛的滋味，只是，這種事別人是幫不來的。」

婆婆一副若有所思的神情。我很在意剛才的話，於是追問爲什麼她知道我沒談過戀愛？

婆婆環視房內，接著瞄身旁一眼，朝空無一人的榻榻米上微微一笑。

「因爲妳什麼也看不到，什麼也感覺不到。」

她的回答更令人納悶了。剛想繼續追問，婆婆像要打斷我，說「我有點累了，妳幫我沏壺茶，我想吃甜食」。

話題就此結束。雖然納悶不解，但這算是小事，我很快就忘了。

之後過了幾天，擔任廚房女侍的阿玉問我：

「話說，老夫人的房間有一股奇怪的氣味吧？是一種野獸的氣味。我很討厭那個氣味，彷彿會滲進體內，實在無法忍受。妳應該也十分困擾吧？」

我相當訝異，因爲我從未聞到那樣的氣味。我如實以告，阿玉聽了之後，斜眼瞪著我。

「這麼快就會裝乖啦。雖然隨著日子不同，氣味有強弱之分，但尤其是下雨的日子，整個房間臭氣熏天，妳不可能沒發現。一定是那個老太婆的體臭。老年人再怎麼愛乾淨，還是會有體臭。」

我一再強調沒聞到那種氣味，阿玉忿忿地撂下一句：

「哼，裝模作樣的傢伙。」

眞不講理，我不禁火冒三丈，耿耿於懷，氣憤難消。這樣是在告狀——儘管心裡明白，我還是忍不住告訴婆婆。

婆婆聽了之後，開朗地說：

「倒也難怪。不過，沒關係，那臭味只有阿玉聞得到。」

明明房裡除了我和婆婆外，再無旁人，她卻朝身後點頭，好似在尋求某人的附和。

這時，我第一次隱隱感到頭皮發麻，不禁心想：難道婆婆的腦袋出狀況了？猜疑在我心中萌芽。

於是，我與婆婆之間──至少在我個人這邊，架起了一道矮牆。又過了一個月，來到冬天最冷的時節。那年江戶常下雪，笹屋中庭的小盆栽和樹木往往會覆上白衣。

當時，一名新客戶頻繁地在富太郎那邊進出。聽說是製作紅印泥和唐墨的工匠，也是旗下有好幾名工匠的工匠統領。年紀與富太郎相仿，言談相當精明，而且儀表不凡，名叫佐次郎。阿玉每次見他來訪，總會喜上眉梢，歡騰不已。她還曾在雪地上畫愛的小傘，寫上兩人的名字，掌櫃看到不禁皺起眉頭。

您或許知道，在江戶一提到筆墨，就屬位於日本橋的「古梅園」最有名。尤其是店裡的墨，用完洗過後擺在書桌上，仍會散發一股香氣。以芳香享譽四方，自然售價也高。

佐次郎來談生意，說他們以獨特工法製作的新墨芳香宜人，與「古梅園」的招牌商品相比毫不遜色，價錢好談，希望能在笹屋販售。

富太郎似乎也有意願。再強調一次，我並不了解生意上的事，但富太郎讓我看過佐次郎的墨，並實際在硯台上磨過，確實是香氣四溢的好貨。

這場交易似乎會進行得很順利，連一向小心謹慎的掌櫃，也被佐次郎的熱忱打動，受他的能言善道吸引，幾乎沒任何意見。這時富太郎囑咐我，今天他會安排佐次郎和娘見面，要我做好心理準備。

由於連日降雪，天寒地凍，婆婆感染風寒，臥病不起。我告訴富太郎，今天婆婆沒辦法見客。富太郎卻說：

「我知道。娘躺著休息就行，妳只要打開面向中庭的紙門，給我一點時間就夠了。這麼一來，她就能隔著庭院，從房間看到佐次郎先生。」

接著，富太郎坦言，從以前到現在，他不曾跟娘沒同意的對象做生意。我這才明白，富太郎在婆婆面前一直抬不起頭，就是這個緣故。

過午，佐次郎帶著有些年紀的同伴一同出現。就像先前說好的一樣，富太郎他們來到隔著中庭可看見別館的房間，我算準時間打開紙門。婆婆似乎已從富太郎那裡聽聞此事，習慣地從墊被上坐起身，專注望向客人所在的房間。

從別館望去，和我同高的山茶樹擋在談笑風生的富太郎與佐次郎中間。一早除過雪，但大雪下個不停，山茶樹已披上白衣。中庭的地面像鋪了棉花，一片雪白。要不是天寒地凍，眼前確實是美得令人陶醉的冬日庭園。

可能是恰巧談到庭園，富太郎指著中庭，佐次郎和他的同伴皆轉頭望向中庭。這時，我在婆婆身旁撥動火盆裡的炭火，發現婆婆趨身向前，我不禁抬眼望向她。

隔著中庭，可看見佐次郎的臉逐漸變得像雪一樣白。他驚訝得圓睜雙眼；頻頻張望四周，與富太郎及同行那名有些年紀的男子說話。富太郎似乎嚇了一跳，斂起下巴，那名有些年紀的男子也直眨眼。

佐次郎身子前傾，伸手指向中庭。他指著我們，是指向婆婆，還是我？不管怎樣，伸手指人很不禮貌，我十分詫異，接著恍然大悟。

佐次郎其實是指向空中。他的身軀、臉、雙眼、胳臂、手指，確實都對著婆婆所在的這個房間，卻指向房內的半空。但我仍懷疑是否庭園裡有異狀，急忙起身，伸手搭向紙門，低頭往地面瞧。庭園地面的積雪上，連鳥的腳印都沒瞧見，當然更不可能有人。

此時，傳來佐次郎慌亂的聲音：

「這就怪了，是我眼花嗎？可是，我眞的看到……」

富太郎不曉得笑著回他什麼，同行的男子也笑了，所以佐次郎雖然不太情願，卻回以一笑。不過，就我來看，他似乎相當害怕。

「夠了，關上紙門吧。」

在婆婆的呼喚下，我轉過頭。婆婆約莫已心裡有數，頻頻頷首。

「那個男人看到不得了的東西，這次的生意就作罷吧。」

我忍不住詢問原因。我背後寒毛直豎，並不是天冷的關係。一回過神，我發現自己緊抓著紙門的門框。因爲我無比驚恐。

婆婆凝視我半晌，莞爾一笑。只拋出一句「等我風寒好了，再仔細說給妳聽吧」，便靠向枕頭躺下。

房裡一片寂靜，傳來婆婆平順的呼吸聲，但我背部緊貼著面向中庭的紙門，無法動彈。除了我和婆婆之外，有肉眼看不見的東西潛藏在這個房間。爲什麼婆婆不害怕？難道婆婆知道那「東西」的眞面目？我像一隻受困的老鼠，不斷思索著這些問題。全是我多慮，婆婆剛才那番話，其實是想嚇唬我，並無特殊的含意——我極力說服自己，但剛才佐次郎流露恐懼的僵硬神情，又是怎麼回事？思緒又回到原點，不住打轉。

最後，我不敢穿過房間中央，改爲打開背後的紙門，來到積雪的中庭，匆匆逃向另一頭的房間。在通往對面房間的入門台階上回望，只見如棉花般的雪地上，留下我的一排腳印。果然沒有其他人——害怕得逃離、上氣不接下氣的我，才重重吁了口氣。

這時，山茶樹上的積雪突然落下，露出已長出葉子的樹枝，深綠色的葉片近乎黑色。我嚇得跳了起來，頭也不回地衝進房間。

後來遵照婆婆的指示，取消與佐次郎的合作交易。富太郎只說是娘不同意，沒特意解釋。不過，得知佐次郎不能再出入笹屋，阿玉在廚房裡痛罵店主富太郎，而她一時大意，被掌櫃聽到她的話，挨了狠狠一頓訓，我心中略感痛快。

婆婆是個守信用的人。風寒痊癒後，她喚我過去，向我道出緣由。

婆婆臥病那幾天，我一直很害怕，不敢踏進別館。所以，來到婆婆即將說出眞相的這個階段，我反倒有種如釋重負的感覺。不清楚眞相才會感到害怕，因此，不管是多可怕的事，只釐清原因，便沒那麼可怕了，這是我的想法。

在此之前，婆婆以不曾見過的嚴肅表情問——在這個房間，妳什麼也沒聞到、什麼也沒聽到、什麼也沒瞧見嗎？

我依舊什麼也沒瞧見、什麼也沒聽到、什麼也沒聞到。

「這樣啊，我就告訴妳吧。」

婆婆嚴肅地抿唇，接著娓娓道來：

「在別館這間房裡，我的身旁棲息著一個『妖怪』。」

三十年前，婆婆十六歲那年，在日本橋通町的綢緞店「上洲屋」當女侍。

其實，婆婆是上洲屋的店主與女侍的私生女。婆婆的母親是出名的美女，但這並未爲她帶來幸運，反倒引來店主的邪念。婆婆笑著說，不管怎樣，女人天生就難以在這世上生存。

「而且，吃過這種苦頭的，不光我娘一人。上洲屋的店主是個好色之徒，除了我之外，他還有三名私生子，全是男孩。他與正室之間也育有一子，後來爲了繼承家業的事鬧得不可開交，受到這樣的影響，店鋪在下一代接班人手中倒閉。不過，這和我沒有直接的關係，就不多提了。」

婆婆的母親生下她後，便因產褥熱病逝。上洲屋的店主素行不端，對玩弄女侍所生的孩子，自然不會有半點慈愛之心。婆婆被交由女侍總管養育，準備日後當店裡的傭人。換句話說，婆婆在嬰兒時期失去親娘，雖然有父親，卻跟沒有一樣，打一開始就被視為累贅。嬰兒時期她什麼也不懂倒還好，眞正痛苦的是逐漸懂事之後……

「再加上老闆娘善妒，對性好漁色的丈夫所懷的憎恨，全往私生子身上發洩，採取不正常的報復手段，並以此為樂。如今回想，她也是個可憐人，但在小時候的我眼中，她比閻羅王可怕。」

——妳是米蟲。

上洲屋的老闆娘常責罰婆婆，並如此辱罵她。

畢竟只是個孩子，沒有適合的工作也是理所當然。而且，正值長得快的年紀，難免容易肚子餓，老闆娘卻說「身為傭人，什麼事也沒做，只會吃飯，眞不像話」，滿口歪理。經常接連三、四天不給飯吃，在炎炎夏日下，將婆婆綁在庭園的木樁上，隆冬時節只讓她穿一件薄衣，晚上只給她潮溼破爛的棉睡衣蓋——手段一直變，婆婆受盡各種欺侮凌虐，艱辛地長大。

「明明遭受這樣的對待，為什麼不逃離上洲屋？妳是不是覺得很不可思議？如今回想，我也不明白。從小到大我只知道那家小店，根本沒有足夠的智慧浮現逃離的念頭。」

養大婆婆的女侍總管雖然不算是慈母般的人，但她應該是認為，像婆婆這種出身卑微的人想在這世上生存，就得不停地工作、工作，於是嚴格調教她，想讓她成為受店裡重用的女侍。因此，當婆婆滿十歲時，已是遠比一般鄉下來的女傭更機靈的出色女侍。

「到我十六歲時，早就是能幹的女侍。」

婆婆自豪地說著，莞爾一笑。

「上洲屋的人逐漸倚重我的工作能力。終於能獨當一面時，女侍總管染上肺病請辭，我自然更受倚重。老闆娘還是老樣子，與其將我趕出家門，不如留在身邊虐待更快樂。有時甚至毫無理由地把我叫去，拿火筷打我。但我已是個大人，懂得動腦筋化解。多年來都用相同的手段，我早學會如何躲避，也就不會再吃那麼多苦頭。」

當時，上洲屋的店主年近六旬。上了年紀後，剛強的脾氣往往會轉弱，他不時趁老闆娘不注意，特地找我婆婆閒聊。

「剛才提過，他在外頭有私生子，而與正室所生的繼承人又是縱情玩樂的不肖子，可能覺得內疚吧，他甚至對我說：妳是勤奮認真的好姑娘，當初早點認妳這個女兒就好了。當然，聽在我耳裡，只當是莫名其妙的牢騷，忍不住心想，事到如今說這些有什麼用，老頭變得真軟弱。但情況逐漸有了改變，無法將他說的話當成耳邊風。」

上洲屋是婆婆那生而不養的父親的上一代一手建立的店。由於上一代店主出身上州的驛站町「桑野」，店名源自此地名。

「上一代當家是次男，家裡開的是客棧，在桑野町供商旅住宿。他在老家沒謀生之路，只好到江戶來。雖然是小客棧，但唯有長男能繼承，次男是累贅，他才會在江戶自立門戶。不過，桑野畢竟是故鄉，他常說想回去看看、想到父母墳前上香、想見大哥一面，終究沒能如願，就此溘然長逝。」

上了年紀後，現任店主常回顧人生過往，表示他無論如何都要完成父親未竟的遺願。

「老闆娘在一旁冷言冷語，說他只是待在家裡面對諸多紛擾，心生厭煩，想要逃離一切。不過，有一半確實被她說中了。」

總之，上洲屋店主著手整理行囊。他不清楚還有哪些親人在桑野生活，連上一代當家從小長大的客棧是否仍在也不確定，便冒然出發。

「更令人傻眼的是，他居然要帶我一同前去。」

我需要女侍打理日常生活，而她是流有我血脈的親生女兒，所以想帶人一起去桑野，非她莫屬——這理由當眞任性。

「至於我……」

婆婆靜靜望著我說道。

「我同意隨行。妳明白爲什麼嗎？」

婆婆說，她認定這是離開上洲屋的絕佳機會。

「當然，我根本不想去上州。跟上了年紀的店主一起旅行，自然是我比較有利。我打算找到合適的驛站，將老頭安置妥當便開溜。出外旅行會帶不少盤纏，我就不客氣地收下了，這才是我眞正的目的。要離開上洲屋隨時都可以，但我不甘心。不光是我，我娘成了店主的女人，一直爲他工作，不取分文。我只是想取回應得的分，這趟旅程正是求之不得的好機會。」

我是個很可怕的女人——婆婆看著我的雙眼笑道。我想回以一笑，但笑不太出來。

「桑野這塊土地盛行養蠶和紡織，話說回來，那裡會有驛站，也是從江戶來買布料的商人頻繁造訪的緣故。所以，上洲屋店主假借經商的名義，取得通行證。那年春天，正值櫻花季剛過，我們從江戶出發。」

老翁和女人的腳程不快，加以上州多是陡急的山路，一般來說，至少得走十天左右。不過，可能是心急吧，上洲屋店主不斷趕路。

「那個色老頭緊抱著盤纏，從不離身，睡覺時都把錢藏在枕頭裡。於是，我在前去的路上，錯過逃走的機會……」

最後花了八天半，兩人終於抵達桑野的驛站。

「不是香客朝聖的地方，而是往來盡是商人的山中驛站，十分無趣。在四面環山、紅褐地表裸露的山間狹縫，小小的客棧緊貼著地面般林立。此地終日颳著狂風，要是張大嘴巴說話，就會滿口沙土。身處這樣的地理環境，當地人都天生大嗓門。在我眼裡，這裡的男人個個活像山賊。」

不出所料，上一代當家的大哥經營的客棧早已不在。據說是三十年前發生大火，一家人分崩離析。上洲屋店主前往寺院，向住持道出家中的情況，請住持讓他看祖先名冊。住持心生同情，告訴他許多事，因而從中得知，與上一代當家有血緣關係的親人，皆已不住在桑野。

「那名住持也才四十歲左右，由於談的盡是許久以前的事，他問我們，千里迢迢從江戶前來，難道沒有特別的目的嗎？我頗爲尷尬。」

約莫是備感沮喪吧，上洲屋店主旅途中積累的疲勞一次湧現，頓時病倒。和善的住持建議他們在寺內住下，婆婆順從他的好意，百般不願地在陌生土地上照顧起病人。

「桑野那地方什麼也沒有，只有風最多。土地相當貧瘠，豆子、芋頭、旱稻了無生氣地生長著，唯有桑樹與養蠶是這個市鎮的生計命脈。」

一天當中，強勁的落山風會短暫停歇，這時會傳來山村水煮蠶繭的氣味。

「爲了紡絲，得用滾燙的熱水煮蠶繭。取下蠶絲，蛹從蠶繭中冒出時，有一股難以言喻的腥臭，聞過一次終身難忘。上一代當家老是提到那個氣味。」

不過，上洲屋店主討厭那個氣味，說他聞了想吐，看來是眞的很討厭。他像孩子般鬧脾氣，嚷著想吃香甜的白米飯、想吃新鮮的生魚片、想回江戶。面對任性胡來的老先生，婆婆簡直氣炸了，但這種情況下，反倒無法棄之不顧——說來也挺奇怪。

「大概是認爲這麼做有損陰德，也覺得他很可憐吧。」

這怪不得別人，是他幹過太多缺德事，如今遭到報應。他在江戶的店鋪生意，及家人之間的相處都不太順利，人生無趣。於是他心想，要是造訪父親誕生的故鄉，向經營客棧謀生的親戚誇耀在江戶擁有店鋪的自己多麼成功，得到一些誇讚，肯定十分愉快——就是基於這種自私的心態，展開這趟旅程。可惜事與願違，他馬上思念起江戶，對婆婆頤指氣使，提出無理的要求。我聽得忿忿不平，婆婆卻一笑置之。

就在這樣拖拖拉拉的情況下，很不巧，上洲屋店主眞的染上疾病。他全身冒紅疹，還高燒連連。

「恐怕是原本身體就虛弱，加上當地的水和食物吃不慣吧。」

儘管請來驛站的大夫看診，大夫也搖著頭說，眼下只能讓他服用湯藥，好好靜養。而且，大夫還一臉嚴肅地說，他得的是傳染病。

「這時住持前來對我說：眞的很過意不去，但既然他是生病，不是旅途勞累倒下，就不能繼續留兩位在寺內，得勞煩移駕安達家。這塊土地上的人，生病或受傷無法行動時，大家都會這麼做，算是我們的規矩。」

安達家是位於驛站郊外的一幢瓦頂房屋，設有一扇大木門，相當氣派。雖然老舊，卻是格局宏偉的大宅院，所以婆婆滿心以爲是地主或村長的住家。

「我當時心想，病患和傷患統一由地方上的富豪收留照顧，眞教人感激。」

然而，根本不是這麼回事。婆婆扶著病人走在陡峭的山路上，費盡千辛萬苦抵達後一看，安達家空有氣派的外觀，其實是空蕩蕩的廢屋。

婆婆吃驚地想，這到底是怎麼回事？這幢房屋破舊失修，紙門和榻榻米皆已移除，只有土屋一角整理得十分乾淨，像是一直有人使用，還備有病人的寢具和棉睡衣。廚房和廁所也能使用。生活用具、餐具之類，雖然都是廉價品，好歹一應俱全。看來，的確如同住持所言，桑野這塊土地的人經常出入此處。

「於是，我去向住持詢問。他告訴我，安達家能接收桑野當地居民的『穢氣』，是一個值得感激的地方。」

五十多年前，安達家是桑野的村長家。英明的村長管理屋舍和土地，而在土地收成少的桑野開創養蠶製絲這條生路，也全是安達家的功勞。

「但到了第三代當家時，出了一名招來厄運的殺人犯……因爲安達家擁有大筆財富，自然衍生不少紛爭。最後造成將近十人喪命，那名殺人犯被五花大綁，斬首問罪，代官大人裁示財產充公，安達家被抄家斷後。變成空屋的宅院滿是不祥之氣，沒人敢住，於是任憑荒廢。」

就在安達家被抄家的隔年，落山風帶來瘟疫，傳染病橫行桑野。陸續有人病倒，驛站封閉，而且大夫不足，當時的村長無技可施，只好將病人集中送往成爲廢屋的安達家，不讓其他健康的人靠近。換句話說，他將穢氣的傳染病往安達家塞。

最後，病人泰半喪命，但成功遏止了傳染病繼續擴散。

「從那之後，只要有罹患重病、染上傳染病、受傷、年邁而來日無多者，全都會帶去安達家。當然，在那裡只能等死。將不幸與穢氣集中在安達家內，就能避免外洩出來，這是大家抱持的想法。」

漸漸地，殉情的男女、盜賊等罪犯，也都關進安達家。

「關閉的天數視罪行的輕重而定。如果判定十天，就關十天，判定半個月，就關半個月，等期限過了才放人出來。安達家有一座牢房，所以用來關犯人，至於原本的功用，只有往生者知道。就這樣，人們在裡頭消除罪惡。」

眞是奇怪的規矩，不過，既然得知事情的由來，便無法違抗。最重要的是，若膽敢違抗，會引來當地人的憎恨，無法從他們那裡取得食物、水和湯藥。不得已，婆婆只好住進安達家照顧病人。

婆婆說，屋裡空空蕩蕩，怪寂寞的，倒是不覺得可怕。

「從小在上洲屋長大的我，很清楚人的可怕。沒有人氣的地方，反而一點都不可怕。雖然是清除穢氣的地方，但被留在這裡的不祥之物並未出現在人們面前，加上平時當地人會使用那個房間，維護得相當乾淨，住起來還算舒服。」

每天到了傍晚時分，站在安達家最高的位置，望著殷紅如血的夕陽朝山巔沉落，感覺近在咫尺，伸手就能企及。婆婆爲壯闊的景致著迷，百看不厭。

日子一天一天過去，上洲屋店主始終不見好轉。雖然高燒已退，疹子卻不見消退，身體愈來愈虛弱。她派飛腳（註）向江戶通報大致的情況，卻一直不見他們前來迎接。陪在終日昏睡的病人身旁，沒有說話的對象，婆婆只能無精打采地過生活，身上的盤纏也愈來愈少。

不久，婆婆發現一件怪事。日前除了他們之外，應該沒人被關在這裡，卻感覺有人的動靜。走廊角落會閃現人影，深夜可聽見腳步聲。當婆婆在汲水或洗衣服時，察覺背後有道視線，轉頭一看，暗處有個人影像是受到驚嚇，匆匆躲避……

某天夜裡，婆婆終於看見那道人影的眞面目。

那時，婆婆將鐵壺放在小火盆上煎著藥，不小心打起盹。忽然，她又感覺四周有人。對方蹲在婆婆的背後，幾乎是貼著她的後頸。她微微睜眼，發現人影就落在火盆旁。

註：日本古代的郵差。

婆婆默數一、二、三，猛然抬頭大叫，望向人影。

眼前站著一名身材枯瘦、年紀和婆婆差不多的男子。他衣衫襤褸，頭髮散亂，圓睜著一雙細長的眼睛，緊盯著婆婆。

目光交會後，反倒是婆婆說不出話。她猛然回神，微微一動，年輕男子馬上消失無蹤。不是跑遠消失，也不是找地方躲起來，而是像吹熄燈火般，倏然消失。

「那晚我怎麼也睡不著。」

待天一亮，婆婆馬上奔往寺院，攔住準備做早課的住持，氣喘吁吁地說出事情經過。

住持蹙起眉頭，表情益發凝重。不過，婆婆觀察住持的神色，看得出他並不驚訝。

「大師，您知道些什麼吧？那名男子——雖然不清楚是妖怪還是鬼魂，但見過那名神祕男子的人，不光是我吧？」

婆婆按著住持的衣襬，如此逼問。住持爲她的氣勢震懾，不情願地點點頭。

「從五年前開始，驛站的人和村民們，都反映安達家有可疑的人影出沒。不過，每個人的描述不一樣。有人說是年輕男子，有人說是女人，有人說是孩童，也有人說只感覺得到聲音和氣味。」

婆婆頓時一掃心中的陰霾。

「我原本擔心是自己過不慣山村生活，變得不太正常。」

婆婆問住持：您認爲在安達家出沒的，究竟是什麼？

住持表情凝重，先強調「我無法篤定地告訴妳」，接著才說「不過，那應該是妖怪」。

「妖怪？是頭上長角的可怕妖魔嗎？看起來不像。」

婆婆看到的，是一名外表柔弱、孤單的年輕男子，頭上並未長角。

「和赤鬼、青鬼之類的妖怪不一樣吧。只是，肯定是不屬於陽間之物。」

「那妖怪會是從哪裡來的？是來自山上，棲息在安達家嗎？」

不——住持搖頭否定。

「那恐怕是桑野的人長年丟棄在安達家的『穢氣』，歷經多年凝聚成形，也就是穢氣的化身，所以會隨著看到的人改變形體。」

別在意就行了。只要不去理睬，那妖怪便不會對妳怎樣——在住持的說服下，婆婆回到安達家。

然而，要完全不在意，把這件事忘了，沒那麼簡單。

眞如住持所言，爲什麼我看到的「妖怪」，是那麼柔弱的年輕男子？婆婆暗自思忖。她不得不承認，那名男子悲戚的眼神，令她大爲動心。

「我當時覺得他很可憐……」

之後「妖怪」仍不時會在婆婆的面前現身。不論白天或晚上，對妖怪似乎都沒影響。就算婆婆察覺他的氣息，或注意到他的影子，也不再慌張，而是會靜靜等候。過了不久，她甚至出聲搭話。

——你就出來吧，別再躲了。我又不會趕你走。

「妖怪」感受到婆婆和善的態度，逐漸敢靠近婆婆身邊。不會開口說話，僅僅眨著眼，像養了一隻野貓或野狗，但婆婆絲毫不以爲意。她總是自問自答，例如，今天風勢又變強了，盤纏快用光，所以我得工作才行，不知道客棧肯不肯僱用我。

「妖怪」只是靜靜聆聽。

「妖怪」知道婆婆喜歡凝望夕陽隱沒山頭的景象，於是他也喜歡在那個時候現身。不久，他們甚至會一起凝望黃昏的天空。當「妖怪」不知什麼原因，一整天沒現身，婆婆會心神不寧，在廢屋裡四處徘徊，找尋妖怪的蹤影。

「我……對了，我和『妖怪』在一起，覺得很快樂。」

婆婆說著，像少女般露出柔美的微笑。

「以前我從未和任何人一起度過那樣的時光。」

這段日子裡，婆婆替「妖怪」取了個名字，畢竟沒名字會產生諸多不便。由於妖怪依舊不說話，不知道他到底喜不喜歡，但只要婆婆叫喚這個名字，他就會馬上現身。

我問婆婆是什麼名字，婆婆只是掩著嘴呵呵輕笑。

「我暫時保密好了。」婆婆應道。我心想，這可能就像被問到情人的名字一樣吧。

「日後再告訴妳，目前不能說。因爲妳是第一個聽我講這故事的人，不能一開始就全盤托出，況且故事還有後續。」

雖然十分不可思議，不過半個月來，婆婆都過著快樂的生活。之後，江戶的上洲屋派人到當地迎接。

「雖然他們費了許多工夫過來，我卻一點也不高興。我不想改變在這裡的生活——這是腦中浮現的第一個念頭。」

由於是老闆娘親自前來，婆婆大吃一驚。但老闆娘一進屋便放聲咆哮，掄起手杖就打，婆婆馬上明白是怎麼回事。上洲屋的人認爲，店主會病倒，全是婆婆照顧不周所致。

「我們不需要妳了。妳對店主恩將仇報，我們沒扭送官府，妳就該感到萬幸了。快給我滾！」

婆婆就這樣被逐出家門。上洲屋的人只在桑野的客棧住一晚，便匆匆帶著店主返回江戶。變成獨自一人後，婆婆心想：到底該怎麼做，才能繼續在桑野和「妖怪」一起生活？由於她身無分文，想糊口得先找工作才行。不，更重要的是，明明沒有病人要照顧，婆婆卻住在安達家，桑野的居民會同意嗎？

她的擔心果然成眞。一名號稱掌管驛站町大小事務、長相威猛的男子，和住持一同將她喚進寺內，嚴厲訓斥一番，命她立即離開安達家。不想與「妖怪」分離的婆婆，苦苦央求，希望至少在存夠盤纏前，能讓她留在驛站町工作，對方卻說「如果缺錢可以借妳，快點離開就對了」，堅持不讓步。

見婆婆無比認眞，住持流露看到什麼悲慘事物般的神情。

「妳被妖怪迷惑了。雖然擁有人的外形，但安達家的那個妖怪，無法與人和平共處。妳趕緊離開吧，再這樣下去，一定會發生可怕的事情。」

婆婆忍不住反駁：「他確實不是人，但也不是什麼可怕之物。那個『妖怪』與過去我遇見的人相比，都更加親近，而且感受得到他的溫柔。」

驛站町的老大嘴角輕揚，低俗地冷笑著，回望住持。

「大師，太荒唐了，這女人和妖怪私通。虧她長得這麼可愛，居然不喜歡人，反倒喜歡妖怪，眞教人驚訝。」

對，沒錯，你說對了——婆婆朗聲應道。

「在我眼中，你們比妖怪可怕。不管是病人、老年人，或是罪犯，全往安達家送，關在裡頭，然後若無其事地過你們的日子。那個『妖怪』吸納你們吐出的污穢，獨自背負一切，你們非但不感恩，還避而遠之。你們有多聖潔？你們做的事都是對的嗎？」

可能是爲婆婆的氣焰震懾，那名老大沉默不語，住持念起「阿彌陀佛」。婆婆霍然起身，帶著滿腔怒火離開寺院。描述當時的情況時，從婆婆的口吻可聽出，那股憤怒至今仍鮮明地留在她的心底。只見她目露劍光，口吐烈焰。

那天傍晚，婆婆在安達家門口凝望夕陽時，「妖怪」一如往常現身。

婆婆微微一笑，直視著他說——和我一起去江戶吧。

「你和我很像。」

明明不是自己的錯，卻老被指派痛苦的工作，做些吃力不討好的事，始終孤零零一個人。

「你會流露寂寞的神情，一定是我覺得寂寞的緣故。但在我內心的樣貌顯現在你臉上之前，我甚至沒發現自己覺得寂寞。」

婆婆如此說道。「妖怪」默默頷首，跟著婆婆走。

「我向來粗心大意，那時候才突然擔心，如果『妖怪』是安達家積累的穢氣化成，一走出安達家不就會馬上消失嗎？」

想到這一點，婆婆感覺全身的血液彷彿逆流，發出巨大的聲響。

然而「妖怪」並未消失。通過安達家的門口時，僅僅露出微感刺眼的神情。

「不過，有件事很不可思議。」

離開桑野後，從「妖怪」的身體微微散發出一股水煮蠶繭的氣味，但婆婆毫不在意。

「我們就像孩子在賽跑，一路朝幹道的入口處奔去。」

回江戶的途中，婆婆一個女人孤身行走，卻沒遭遇危險。婆婆很清楚，就算有心懷不軌的男人靠近，也會一臉驚恐地逃離。

「這是當然。因爲和我同行的『妖怪』，會映照出他們的本性。他們只能害怕得落荒而逃。」

回到江戶後，婆婆找尋工作的機會。有生以來，她第一次爲了開創自己的人生，每天辛勤地工作。「妖怪」一直陪伴在婆婆的身邊，有時只感受到他的氣息，有時可看見他現身，有時則是整整三天不見蹤影。他依舊不發一語，不論婆婆說些什麼，他都不回答，所以婆婆形容道：

「有時我會覺得，這就像擁有兩個影子。」

隨著歲月流逝，婆婆邂逅了日後成爲她夫婿的對象。對方在神田明神下的筆店當夥計，個性質樸，但工作勤奮。他不怕「妖怪」，雖然感覺得到「妖怪」的氣息，卻不排斥。而且，他是第一個接納婆婆，真心喜歡她的好男人。

「我當時心想，如果是他，應該不會有問題。」婆婆垂眼望向地面，「不過，或許『妖怪』不喜歡我和男人結婚，我很擔心這一點。」

但「妖怪」什麼也沒說。婆婆思忖，他不是人，這也是沒辦法的事，頓時有種鬆了口氣，卻帶著落寞，像沒能把握重要之物的感覺。這種不上不下的心情，持續好一陣子。

就這樣，婆婆與筆店的夥計結爲連理，接著很快便自行開店。雖是店門只有兩公尺寬的小店，卻屬於夫妻倆。這就是笹屋的前身。

「自從有了家庭，『妖怪』依舊與我同住。我們之間的關係和在安達家的時候一樣，沒有任何改變。我從未向丈夫坦言此事，不過，對於跟在我身邊的『妖怪』，有人會感到害怕、察覺討厭的氣息、聞到難聞的氣味，我絕不讓這些人靠近我，做生意也會對這些人小心提防。」

婆婆語氣十分堅決。

「所以，笹屋才能在我們那一代經營到這樣的規模。一切都是『妖怪』的功勞。」

婆婆環視屋內，目光停在火盆旁，露出「哦，原來你在那裡」的神情，微微一笑。

「此刻他也在這裡。不過，妳似乎看不到他。」

對了，我懷富太郎之際，長期臥病的上洲屋店主去世了——婆婆猛然想起般補上一句。

「雖然不當他是父親，畢竟有這層緣分，於是我在盛夏時節前往上洲屋，請求上香。」

得知婆婆上門，老闆娘親自出來見她。婆婆心想，要是老闆娘又動手打人，會傷及肚中胎兒，於是先做好防備。

「老闆娘一見到我，嚇得臉色蒼白，像是經過漂白，尖叫著落荒而逃。」

八成是看到我身後的「妖怪」——婆婆若有所思地說道。

「善妒而一生受苦的老闆娘，眼中的『妖怪』會是什麼模樣？」

聽完婆婆漫長的故事，我也有所領悟。我問婆婆，富太郎是否知道此事？她搖搖頭。

「他知道的不多。不過，他爹生前一再強調，我看人的眼光獨到，所以他不會忤逆我的話。」

佐次郎看到的是怎樣的「妖怪」？他一定騙過許多人。我如此暗忖，接著想起只有阿玉才聞得到的那股腥臭。

「唉，我累了。」

婆婆摩挲著脖子，嘆了口氣。我急忙扶她躺下。

「妳看不到『妖怪』，也什麼都感覺不到吧？」

沒錯，我什麼也看不見，什麼也感覺不到。

「我第一次遇見像妳這樣的人。偏偏妳是富太郎的媳婦，真不可思議。我非常在意，才會告訴妳這個故事。」

原來婆婆是在擔心啊，這樣我就明白了。

「看不見『妖怪』，也感覺不到，這證明妳內心純潔——我很想這麼說，但不盡然如此。」

婆婆的臉蒙上一層暗影。

「只要活在這世上，多少會與人結仇、傷害他人，或留下不好的回憶，所以一般人多少都會看到、感覺到『妖怪』的存在，妳卻不會如此。這表示妳一直獨自過著封閉的生活，還不曾眞正以『人』的身分過日子。」

今後才要開始——婆婆低喃道。

「試著在這個家裡哭笑、生氣、捉弄人、做壞事、親切待人吧，再過不久，妳也會察覺『妖怪』的存在。不過，妳一定要小心，千萬別讓他變成可怕的樣貌。」

我將棉睡衣往上蓋到婆婆的衣襟處，笑著說：當初松竹堂的老太爺對我做出猥褻的舉動，我也哭過。

「咦，這麼說來，那一位老不修的傳聞是眞的嘍。」婆婆瞪大眼睛，接著又低語：「可是，妳卻看不到『妖怪』……」

我點點頭。婆婆仰望天花板，沉默片刻，緩緩開口：

「俗話說『福禍相依』，幸與不幸，往往互爲表裡。」

如果經歷的盡是痛苦的事，或許反而看不到『妖怪』。所以，今後妳的人生才正要開始。

「好了，就說到這哩，我想休息了。」

我靜靜走出房外。從那之後，婆婆沒再提過這個話題。因此，之前婆婆像少女般嬌羞，沒能告訴我「妖怪」的名字，而我也一直沒機會問。

就這樣，三年過去。

婆婆終於往生。她走過崎嶇的道路，但在人生的最後能無比安詳、滿足地長眠，身爲家中的媳婦，身爲女人，我由衷替她高興，也十分羨慕。

不過，我心中一直有個遺憾。我終究還是感覺不到「妖怪」的存在。

婆婆逝世後，「妖怪」怎麼辦？此事令人在意，我卻只能乾著急。因爲我看不到他，也察覺不出他的氣息。

婆婆逝世的消息，得通知親友，還得安排喪禮，整個笹屋突然動了起來。掌櫃紅著雙眼，仍不忘指揮夥計和女侍工作。我腦中也浮現該做的事，但情感似乎還沒能跟上，老在發愣。總之，不能再哭喪著臉，先去洗把臉吧，我朝擺放水甕的土間走去。午後雷陣雨仍未停歇，我穿鞋走下土間，發現雨從敞開的後門吹進屋內，急忙上前關門。

這時，我發現一道人影。

抬眼一瞧，傾盆大雨中，佇立著一名清瘦的年輕男子。他衣衫襤褸，外表骯髒，但雙眼清澄明亮，靜靜凝睇著我。

啊，是「妖怪」——我心想。

這肯定就是年輕的婆婆，在桑野的安達家第一次遇見「妖怪」，他那時候的樣貌。

我好比孩童仰望彩虹，仰慕地緊盯著他。「妖怪」回望我，嘴角浮現笑意。

「妖怪」的微笑，與我印象中婆婆的微笑，有幾分相似。那對眼瞳透出的暖意，與婆婆看著我時，幾乎一模一樣。

「你……」

我出聲叫喚，「妖怪」突然後退，隨即消失，只剩嘩啦啦的雨聲。

「你……」我不自主地放聲喊道：「你要和婆婆一起離開嗎？」

回應我的，唯有雨聲。

——今後才要開始。

婆婆的話聲在我耳中清楚浮現，彷彿一直在等候這一刻的到來。

——試著以人的身分過日子，妳才看得見「妖怪」。

在雨的潑打下，我呆立良久。過了一會，家中傳來富太郎的呼喚聲。像在擔心，又像在求援，是在叫喚親近的人，毫無戒心的聲音。

富太郎在叫喚我。

我們一起目送婆婆往生，共同分擔失去婆婆的悲傷，此刻富太郎在叫喚我。

我出聲回應，從後門折返土間，回到家中。

驀然一瞥，剛才「妖怪」所在的位置，有一團白霧飄動，旋即融入雨中，消失不見，再也尋不著那道人影和氣息。

女人頭

明明是男人，手卻出奇靈巧。太郎周遭的人人常動不動就這麼說他。明明都十歲了，卻長得又瘦又小，而且骨架纖細，有時遠看會覺得只有五歲，甚至有人說他長得像女孩。孩童之間，更常改換成其他嘲笑或羞辱的言詞。「你乾脆穿上女人的和服走走看」、「你都是蹲著撒尿吧」，像這樣起鬨也是常有的情景。

每次太郎遭人嘲笑，母親總會柔聲安慰——由他們去說吧，等你長大後，你的巧手一定能開創出不同的人生，不必在意這些事。

太郎和母親相依爲命。聽說父親在他嬰兒時期就去世了，所以母親四處打零工，努力將太郎拉拔長大。她捨不得吃、捨不得睡，辛勤工作，卻從中感受到幸福。

但長年過度勞累，像水底的淤泥，不斷在她體內積累。今年夏初，她染患下町流行的霍亂，回天乏術。自從病倒後，她便沒再睜開眼睛，也無法和太郎說話，就此溘然長逝。

太郎成了孤兒。

那年夏天，有段期間他寄居在長屋管理人的家中。管理人有著相撲力士般的魁梧身材，已年屆花甲，卻依舊紅光滿面。他的五官比常人大，看起來一整年都在生氣。不論是吃飯、泡澡、走路，都是一臉怒容。

太郎寄居在此後，很想搞清楚管理人是否睡覺也一臉怒容，於是半夜跑去偷看。果然沒錯，只見他撇下嘴角，眼睛微睜，而且鼾聲如雷。

關於他這張遠近馳名的可怕臉孔，有這麼一段傳聞。當初長屋住戶總動員清理水井，突然天空烏雲密布，雷聲大作，下起雨來。眾人心想，這下傷腦筋，正感到心慌，卻見管理人抬頭瞪視天空，朗聲喝斥「這雨下得眞不是時候，替底下的人著想一下好不好」。此話一出，烏雲馬上遠去。從那之後，管理人博得「比雷公強悍」的名聲，甚至有段時間，不斷有人前來請管理人在紙上寫「避雷」當護身符。

有趣的是，這位管理人在不及他身高一半的老闆娘（妻子）面前，始終抬不起頭。寄居在此的太郎，受老闆娘多方照顧，也常受她叨念。不過，管理人同樣得受老闆娘叨念，例如脫下的衣服別亂放、吃飯別發出聲音、魚要連魚骨一起啃、擦地時抹布要擰乾，要求相當瑣細。太郎從小到大，都代替母親打點家裡的事務，認爲這是理所當然，並不以爲意。但魁梧的管理人每次挨嬌小的老闆娘罵，縮著脖子的模樣實在引人發噱，太郎總是極力忍住不敢笑。

夏天接近尾聲時，太郎已完全習慣寄居的生活。然而，他發現管理人和老闆娘一大一小的腦袋常湊在一起，竊竊私語，似乎在商量些什麼。太郎心想，應該是在討論我往後的出路吧。果然不出所料。一早涼風吹來，太郎在老闆娘的吩咐下收起屋簷下的風鈴，取下門簾擦拭，忙了一整天，到了傍晚，管理人和老闆娘將太郎喚到房裡。

「從明天起，你就要出外工作。」

管理人開門見山地說道。

「是本所一目橋再過去的一家提袋店，名叫『葵屋』。或許你也聽過，在大川這一帶，是名氣響亮的店家。你要到那裡工作。」

「雖然是有名的提袋店，不過，名聲終究沒本町二丁目的『丸角屋』響亮。」

老闆娘舉出一家江戶知名的商號，哼笑一聲。

「不過，這家店很重規矩。他們過去多次聘用你這個年紀的男孩當童工，但都做不久。店裡的事由他們家人掌管，裁縫工匠全是女人，應該不是多可怕的地方。」

太郎恭敬地點點頭。

「你的手很巧。」老闆娘口齒清晰地說：「巧到讓人覺得你生爲男人有點可惜，因爲不太有機會讓你發揮天生的能力。我向他們大力推銷過你了，你可要認眞工作。」

的確，自從寄居在此，太郎攬下老闆娘所有的縫補工作。所以，老闆娘那句「大力推銷過你了」，也許是她獨特的稱讚方式。其實，這位老闆娘相當手拙，線總是縫不直。

太郎不光手巧，也喜歡縫補。因此，對總有一天得出外工作的他而言，聽到這樣的消息非常開心。

「一般的孩子到了十歲，都會上習字所。」高大的管理人睜著一雙銅鈴大眼說：「不過，你卻得去別人家工作。你可別埋怨，每個人都該過符合自己身分的生活。你能在工作的店家接受調教，要心存感謝。」

這次太郎的態度不再模稜兩可，他意思明確地點點頭。

「對了，」管理人那跟太郎的腦袋差不多大的膝蓋，倏然移向前。「你還是不想說話嗎？」

太郎頓時低下頭。「幹麼現在還問這個……」老闆娘像在訓斥管理人，從旁打圓場。

太郎一直不說話。自他懂事起，便沒說過半句話。

從嬰兒時期就是如此。連哭泣也不會出聲，只表現在淚水和神情上，一句話也不說。所以，母親和周遭的大人，以爲這孩子天生就發不出聲音。

但三年前，替管理人修繕家中屋頂的工匠腳下踩滑，跌落地面，太郎目睹那一幕，大叫一聲「啊」。母親和長屋的住戶，得知太郎出聲大叫，比得知工匠跌落還要吃驚，紛紛趕了過來。可惜，不管再怎麼搖他、叫喚他，他都沒再發出任何聲音。

儘管如此，大人們都知道這孩子不是喉嚨有毛病，才說不出話。從那之後，大家對他投注的目光中，好奇遠比同情來得多。不管別人怎麼說，母親總是護著他，還會安慰他「要是不想說，不必勉強」，所以沒留下太痛苦的回憶。然而，就是從那個時候開始，太郎意識到自己和旁人不一樣。

唯一一次叫喊出聲的時候，太郎自己比任何人都驚訝。我發出聲音了，我發得出聲音。這爲太郎帶來天翻地覆般的巨大衝擊，當然也是莫大的喜悅。

所以，他原本想繼續說話。這是理所當然的反應，但行不通。某個靜靜潛藏在太郎心底的東西，提醒他不能發出聲音，這樣會有危險。如果不遵從忠告，會有大麻煩，隱隱有這種感覺從體內湧現，太郎的雙臂直冒雞皮疙瘩。所以，他保持沉默，再度縮回沉默中。

從那之後，他沒再發出任何聲音。

然而，他倒也不是沒嘗試過。當他獨處時，曾開口試著想說些什麼，但潛藏在心底的那個「東西」一定會衝上喉頭喧鬧著「不行、不行」。這種感覺連年幼的太郎都能清楚感受到，很鮮明地逼近他，實在非比尋常，最後他又選擇把嘴閉上。如此一再反覆。

「幸虧葵屋的老闆表示，比起愛說話，不如來一個安靜的人比較好。」管理人撐起大鼻孔，呼著氣繼續道：「認眞工作就沒什麼可怕的。不過，讀書寫字對你特別重要。這方面葵屋的人說會教你，你得好好學。」

太郎頷首。管理人和老闆娘像在互相推拖，對望一眼。接著，老闆娘開口：「你娘的牌位要帶去嗎？還是，在你能獨當一面之前，由我們暫時保管？」

長屋裡的人看太郎淪爲孤兒，覺得可憐，努力東拼西湊，張羅了一筆錢，替他母親做了個牌位。雖然太郎很想帶去，但店家那邊想必沒地方安置牌位。他拿定主意，望向管理人家中的小佛龕。

老闆娘頷首，「這樣啊，我們就代爲保管吧。不過，記得穿上你娘縫製的衣服前去。」

明天得早起——在老闆娘的叮囑下，太郎很早便躺上床。明天就要和過慣的生活道別，但他並不覺得有多寂寞不安。前往新的工作地點，他也沒感到多擔憂。只是，這反倒令他眞切領悟到，自己成了無家可歸的人，不禁輾轉難眠。

太郎閉上眼，腦袋卻無比清晰，模糊的景象和人臉，在他眼皮裡忽隱忽現。追逐這些畫面時，他感到十分寂寞。帶著這樣的情緒，太郎彷彿走入影子當中，終於入睡。

接著，他做了奇怪的夢。

沉睡時，他的枕邊坐著一個黃臉小人。那小人神色擔憂，頻頻搓著雙手。光線昏暗，看不清小人的臉，不過看得出小人穿著可襯出臉的黃色衣服。那是太郎常看到的顏色，就像熟透的南瓜。

母親喜歡南瓜的顏色。不知為何，母親認為黃色是太郎的幸運色，常縫製黃色衣服，或以黃色的碎布幫他補丁。這是太郎被人笑他像女孩的原因之一，所以他不愛穿，但母親總是不厭其煩地叮囑「只要穿上就不會生病，還會消災解厄」，他只好不情願地穿上。

之前霍亂流行時，母親常說：比起封印霍亂的咒語或護身符，南瓜色更能保護你。以結果來看，或許她真的說對了。但若真是這樣，母親也穿上南瓜色的衣服不就好了嗎？

母親的這個想法，似乎有可靠的依據。這項依據，母親堅信不疑。不光喜歡南瓜色，她認為世上每樣東西都有神明棲宿，南瓜也有專屬的神明，不能對神明失禮，所以她不吃南瓜。人們說「冬至吃南瓜，保你一整年健康無病」，往往會煮南瓜討吉利，可是，就算左鄰右舍拿來分送，她也一口都不吃。

——娘為何要這麼做？

明知是夢，太郎仍如此暗忖。不久，他愈睡愈沉，枕邊的小人也失去蹤影。

提袋店「葵屋」，如今的店主淺一郎是第二代，在上一代當家之前，開的是菸店。上一代當家是喜歡做手工藝的風雅之人，他親手製作用來裝菸草的提袋，周遭的人讚賞有加，於是成就了買賣。有約莫十年的時間，他賣菸兼賣提袋，之後改爲專賣提袋。菸店在溼氣重的時節，貨物不容易管理，一旦長黴就麻煩了，相當費事。至於提袋，那是他喜歡才展開的生意，投注的熱情大不相同。

淺一郎承繼父親的巧手，雖然貴爲一店之主，還是會親自拿針縫製提袋，與妻子由宇的感情也很和睦。個性一板一眼的淺一郎沒任何娛樂嗜好，也不喝酒，夫妻倆唯一的生活樂趣，就是四處收購可當提袋材料的碎布或舊衣，活像是木頭人。

前往葵屋的路上，管理人匆匆告訴太郎葵屋的情況，最後補上一句：

「葵屋沒有繼承人。」

這句話似乎說得特別用力。

「淺一郎先生和由宇夫人，十年前不幸失去剛出生的孩子。孩子被歹徒擄走，從那之後，他們一直沒能再生下一兒半女。所以，太郎，你是正直的好孩子，只要認眞工作，他們一定會提拔你的。」

太郎恭順地點頭，但這種充滿欲望、頗失禮的勉勵話語，不像管理人的作風。或許管理人嘴巴上沒說，但心裡對於太郎要去工作感到很不安。

這也難怪，畢竟他是個不會說話的孩子。搞不好對方會嫌棄「這種不討喜的飯桶我們不需要」，馬上將他逐出店門。

事實上，太郎也看不見自己的未來，十分不安。

在貧困的環境中長大的太郎，只見過小販綁在細竹上四處叫賣的廉價提袋。作工特別講究的，都是奢侈品。做這項生意的葵屋，到底是怎樣的店？他們家中又是怎樣的情況？我眞的能在那裡生活嗎？會不會情況完全和想像中不一樣？

不過，太郎到店內工作後發現，之前根本多慮了。葵屋是蓋有瓦屋頂的氣派建築，不過在裡頭生活的人們，和長屋的住戶一樣，個個都頗爲爽朗，有一副好心腸。短短幾天，太郎便看出這一點。比起長屋的大叔大嬸，這裡的人談吐文雅許多，而且儀容整潔，不過，他們歡笑、生氣、吃飯的模樣各有不同，充滿個人特色。最重要的是，葵屋的人都很勤奮，店主夫婦也不例外。每個人都充滿朝氣的投入工作，令太郎想起在長屋的那段歲月，在管理人瞪人的可怕眼神下，懶惰鬼休想在那裡租屋長住。

葵屋內部如同管理人所說，由他們的親人掌管，店主夫婦會帶頭工作。上一代店主去世滿五年後，老夫人（淺一郎的母親）在向島建了一幢小屋，過起退休生活。不過，她腦袋清明，身體強健，常到店裡查看。

打理店裡各項瑣細事務的掌櫃，是從上一代店主的時代就在此效力的資深員工，其實他是由宇夫人的父親。兩名女侍也都是夫人的親戚。一面學做生意，一面協助掌櫃辦事的男夥計，則是淺一郎的姪子。提袋不是什麼難處理的商品，所以店裡的經營不需要太多人手。

另一方面，裁縫工匠眾多，光住在店裡的就有五人，每天到店裡上工的有六人。各種年齡都有，不過全是女性。住在店裡的裁縫工匠全是年輕姑娘，她們會輪流煮飯、汲水、打掃。房間分配爲三人合住一間，她們會自行打掃。至於每天到店裡上工的裁縫工匠，有人是獨力扶養三個孩子，有人則是要照顧年邁的父母。

到店裡報到的第一天，一次被引見這麼多人，太郎一時分不清誰是誰。然而，裁縫工匠們似乎一見到太郎，就很中意他。她們對太郎說「你和我家的孩子同年，眞不簡單，要是有什麼困難，要馬上告訴我們」，太郎一時不知如何應對。

雖然覺得還不錯，但與想像中有點落差。

這是太郎初次出外工作，不過就他之前在長屋的所見所聞，童工的待遇他心裡大致有底。人們常說，童工根本不被當人看，從早到晚都受人使喚，動輒打罵，還會被資深員工欺負，連飯都吃不飽——太郎以爲等著他的會是這樣的生活。他必須咬牙忍受，慢慢學會工作。等學會工作，就能稍微得到認同，獲取應有的地位——這就是當夥計的宿命。

豈料，到葵屋工作的第一天，太郎所做的事，就是向店主夫婦和其他員工問候、熟悉他被分配到的三張榻榻米大的房間，及跟夥計和女侍一起用餐。這三人感情融洽，用餐時頻頻交談，也會與太郎搭話。他們早已知道太郎不會說話，會主動表示「你娘過世，你一定很難過吧」、「你喜歡吃什麼」，然後又自己回答「眞是可憐，小小年紀就剩自己孤零零一人」、「我像你這麼大的時候，很愛吃煎蛋」。除了有點吵之外，他們都算是挺好相處的人。

隔天也是相同的情形。吃完早餐，太郎幫忙女侍擦走廊，之後就無事可做。這樣他反倒不安，在女侍身旁繞來繞去。女侍可能猜出他心裡的感受，拿來一疊舊手巾和一個小小的針線盒，對他說「那你就幫忙縫製抹布吧」。太郎開心地著手處理，太陽還沒下山便全部縫製完畢。他大受誇讚，晚餐仍是四個人一起吃。年輕男夥計聊到以前曾爬上太郎家附近的樹摘柿子，被管理人狠狠罵一頓，女侍聽了都哈哈大笑。他問太郎，那名管理人還是很可怕，對吧？那麼可怕的地方，你居然有辦法和他同住一整個夏天。太郎聞言，微微側著頭，男夥計見狀說「這就怪了」，眾人又是一陣大笑。

隔天同樣無事可做。在眾人忙著工作的情況下，只有太郎被晾在一旁，閒得發慌，反而是一種悲哀。於是太郎跑去找女侍，女侍再度請他縫製一大疊抹布。這次用的不是舊手巾，而是像碎布之類的布料，所以他一直忙到傍晚。將縫好的抹布拿去給女侍看，女侍撫掌大樂，直誇他手巧，一臉佩服。她還對太郎說：我會拜託夫人賞你甜點吃，當成獎勵。對了，你也會縫補白布襪吧？我們這裡很多，明天就麻煩你嘍。

太郎心想，這家店眞怪。居然讓童工過得這麼輕鬆。就算他是爲了當裁縫工匠才到店裡工作，也不該……不，正因如此，更應該嚴格磨練吧？之前店裡的那幾名童工待不下去，該不會是受到這樣的對待，反倒覺得不自在？

儘管如此，接下來的四、五天，太郎仍依言縫製抹布、縫補白布襪、幫忙打掃，溫順地過日子。反正沒其他事可做，沒地方可去。太郎覺得，只因沒受到苛刻使喚便心至排斥，會挨老天爺責罰。

不過，終究還是奇怪。而且，當中最怪的，非店主夫婦莫屬。第一次拜見時，太郎全身僵硬緊綳，幾乎沒瞧清店主夫婦的長相，沒特別的感想。只覺得他們氣質高雅，爲人和善。不過，夫人說話很小聲。

但太郎開始在葵屋內生活後，發現老爺和夫人不時會靜靜望著他，彷彿在觀察他。起初太郎心想「應該是在評估我的工作態度吧」，然而，每天都過著輕鬆的日子，在這種情況下，他察覺老爺和夫人的視線，恐怕不是他想像的那樣。老爺望著太郎和女侍一起用抹地擦拭走廊，嘴角掛著微笑。夫人則是看到太郎洗好自己的碗，並收進餐盒內，眼中便微泛淚光。

不同於員工眾多的「越後屋」或「紀伊國屋」這樣的大店家，葵屋員工少，就算童工有機會和店主夫婦碰面，也不足爲奇。不過，頻頻感受到店主夫婦守護般的視線，實在很不尋常。

考量到如此寬鬆的管教，及工作的輕鬆程度，太郎不單是覺得不自在，而是感到詭異。店裡的女侍、夥計、裁縫工匠，對於世上一般童工的情況，應該比太郎更了解，但他們對太郎所受的待遇都沒露出納悶的神情，這一點更是可怕。

雖然太郎是個不會說話的孩子，但內心疙瘩終究會顯露在臉上。來到店裡的第十天，他與一名女侍到儲物間進行整理時，對方主動開口：

「你待在這裡是不是很不自在？」

她是店裡最年輕的女侍，名叫阿秋。雖然稱不上美女，但總是帶著開朗的表情，活力充沛，個性就像醋拌涼菜一樣清新爽俐。

太郎掩藏不住心中的迷惘，毫不猶豫地點頭。於是，阿秋在木箱和箱籠之間坐下，拍拍圍裙上的塵埃，低喃一聲「果然沒錯」。

「其實，再過不久，老爺和夫人就會告訴你，輪不到我多嘴。但看你氣色不佳，彷彿生了病，實在不忍心，我就偷偷透露吧。」

阿秋湊向太郎，輕聲解釋：

「打一開始，就不是找你來當童工。如你所見，這家店沒有繼承人，老爺和夫人一直想收養子。不過，對象當然不能隨便選，如果選中懶鬼或手腳不乾淨的孩子，就傷腦筋了。如果可以，最好是能為這家店認眞工作，又有一雙巧手的孩子……所以會先僱用童工到店裡，住在同一個屋簷下仔細觀察，確認是個不錯的好孩子，便正式收為養子。這是老爺他們的想法。」

太郎豁然開朗。原來如此，這樣就能明白為何他會受到這種不乾不脆的待遇，及店主夫婦那守護般的打量目光。

阿秋搗著嘴，嫣然一笑。「倘若是要僱用員工，完全當員工對待就行了，不過老爺和夫人都十分善良，苛刻地使喚童工這種行徑，他們原本就做不出來。況且，想到日後可能會收為養子，成為他們的繼承人，似乎更會產生移情作用。這樣反倒讓你覺得很詭異，對吧？」

太郎鬆了口氣，跟著笑起來。

「前後來過三人，最後老爺和夫人都看不上眼，送回老家去了。你是第四人。悄悄告訴你，依我的觀察，老爺他們相當中意你。阿島姊和阿凜姊也都這麼說。」

她舉出另一名女侍和裁縫工匠的名字。

「那個男夥計打一開始就說好，等日後學會做生意，就要到其他地方開店，所以就算店主收養子，他也不受影響。加上他人不錯，不會在意這種事，你大可放心。他不會有非分之想，是規規矩矩的正經人。」

太郎突然想到，阿秋與那個男夥計相處融洽，或許已私訂終生。果眞如此，兩人挺相配的。

「那是一段令人難受的過往，大家不會刻意提及，其實老爺和夫人曾失去一個孩子。十年前，上一代當家和老夫人仍在主事的時候，現今的老爺和夫人很年輕，才成婚一年。那時我還沒到店裡工作，不太清楚詳情，但聽說他們剛慶祝七夜（註）的嬰兒，被人擄走殺害。夫人悲傷過度，臥病不起，一躺就是半年。」

太郎低下頭，想起夫人那輕細的聲音。

「那是個男嬰。如果還活著，大概就是你這樣的年紀。所以，你日後要是能成爲養子，記得盡心孝順老爺和夫人。他們眞的是好人，明白了嗎？」

又還沒確定能當上養子，這時候點頭感覺很厚臉皮，太郎只微笑含糊帶過。阿秋則是哈哈大笑。

「不過，你若成爲繼承人，要記得多多關照我們啊。」

註：嬰兒誕生的第七天晚上，舉行祈求孩子健康長大的儀式。

阿秋不忘補上這麼一句，便重新投入工作。太郎如釋重負，趕緊幫忙。

這個儲物間約四張半榻榻米大，防雨門緊閉，鋪設的榻榻米已事先移除。裡頭塞滿了貨物，原本似乎是普通的房間。此外有座壁櫥，立著兩扇隔門。在整理好之前，一直被貨物擋住，看不見隔門，但移開幾個木箱後，露出其中一扇隔門，太郎不禁倒抽一口冷氣。

那扇隔門底部有著條紋圖樣。其他部分雖然老舊泛黃，但原本是白底，沒有任何圖案。

只見上面畫了一顆女人頭。

不是年輕女子——約莫是夫人的年紀吧。不，也許年紀還要大些。梳了一個往兩旁挺出的誇張髮髻，眉毛上挑，直至兩鬢。嘴巴緊閉，圓睜的雙眼直視前方，但不清楚她在看什麼……不，應該說，她在瞪視什麼。宛如被俐落地一刀斬斷，唯有頭浮在半空，像是斬斷的部分仍在滲血。

充滿不祥之氣的臉孔。只看一眼，全身柔軟的皮膚彷彿都冒起雞皮疙瘩。太郎不由得倒退，撞向阿秋。

「哎呀，你怎麼了？」

阿秋鼻頭沾染灰塵，轉過頭來，瞪大眼睛。

「怎麼一臉驚恐，還全身冒雞皮疙瘩？看到什麼了嗎？是蜘蛛，還是壁虎？」

太郎拚命搖頭，不敢相信阿秋居然問得這麼輕鬆。才不是蜘蛛、壁虎之類可愛的小動物，不就在她面前嗎？那顆人頭……

但阿秋環視四周，露出開朗的笑容：

「太郎，沒想到你膽子這麼小。蟲子不會怎樣的，用不著害怕。」

太郎非常錯愕，來回望著阿秋和隔門上的女人頭。莫非阿秋看不到？

太郎拉著阿秋的衣袖，強忍著恐懼，朝隔門靠近，指向女人頭的圖畫。

「你是說，那裡有東西？明明什麼也沒有啊。」阿秋就只是笑。

「這裡整理好了，你可以先出去。眞拿你沒辦法。」

阿秋一面說，一面推著太郎趕他出去。由於有幾樣要丟的東西，儲物間比剛才空出許多空間。拜此之賜，那顆女人頭沒被木箱或籠箱阻擋，站在走廊就能清楚看見。

太郎急忙轉身，想迅速離開。

這時，掠過他視野的那顆女人頭，竟露出冷笑。

太郎一驚，轉身緊盯著那扇隔門。女人頭仍是一開始看到的表情。

然而……

她緊閉的嘴巴微微張開，像要跟太郎說話。

太郎拔腿就跑。

後來，那天太郎一樣無事可做，也沒別的轉換心情的方法，忍不住想起在儲物間看到的女人頭。多可怕的臉啊，爲什麼會出現那種東西？

最不可思議的是，太郎看到的女人頭，阿秋卻看不見。由於實在詭異，太郎甚至懷疑不是阿秋看不見，而是他看得到才有問題。該不會是一時眼花吧？就像明明醒著，卻做惡夢。

要確認此事，最簡單的方法就是再去看一次。雖然害怕，但與其懸著一顆心，不如弄個明白。太郎鼓起勇氣，前往儲物間。當他伸手搭向入口的拉門時，不光手指發抖，他的胳臂和全身都抖個不停。

他用力拉開拉門。

在走廊射進的午後陽光下，隱隱浮現在隔門上的女人頭。不論他再怎麼用力眨眼，或用雙手揉眼，依舊看得到。

那女人之前微張的嘴巴再度閉上，形成一條線。不，這次相反，似乎比第一次見到時閉得更緊。太郎戰戰兢兢地伸長腿，往儲物間裡跨出半步。腳尖撞向附近的籠箱邊角，發出「咚」一聲。他嚇一跳，低頭望向腳下。待他重新抬起頭……

女人頭張開大嘴，笑了起來。雙眼炯炯生輝，完全外露的白牙，看起來又尖又利。

太郎無聲地滾出儲物間外，撞向拉門，發出巨大的聲響。有個腳步聲靠近，或許是那個女人從隔門走出來。正當太郎在走廊上爬行，努力想逃離時，突然被人從後方一把抱住。

「喂喂喂，你怎麼了？在這種地方做什麼？」

是那名年輕的男夥計。他擔心地扶起太郎，低頭看著太郎，彷彿在確認他有沒有受傷。

「你不要緊吧？」

太郎拉著他的手走進儲物間。太郎沒望向隔門，而是伸出手，指向女人頭的方位。

男夥計納悶地問：

「怎麼啦？有老鼠嗎？」

太郎擠出僅剩的一點勇氣，慢慢從門口探出臉，望向隔門。女人頭仍在那裡。

但男夥計就是看不見。他笑著說，你午覺睡昏頭了吧？

「太郎，你很會縫補對不對？老爺說，差不多該讓你學習怎麼縫製提袋了。」

太郎雙膝一軟，幾乎當場癱坐在地。

這太奇怪了。太郎怎麼想都覺得怪。

那天晚上，太郎坐在墊被上，雙手抱膝，極力思索。為什麼儲物間的隔門上會畫著那種東西？為什麼只有我看得見？阿秋和那名男夥計都看不見，所以不是只有男人才看得見。莫非只有小孩才看得見？那到底是鬼魂，還是妖怪？和葵屋有什麼淵源嗎？

那裡並不是專門建來當儲物間，而是將一個完好的房間，刻意取下榻榻米，改為儲物間。會不會和隔門上的女人頭有關？難道是為了隱藏那幅女人頭的畫，才將那裡當成儲物間？

太郎難以入眠。他想逃離這裡，回到長屋。同一個屋簷下居然存在著那種東西，實在無法忍受。

放在狹窄房間角落的座燈，發出最後的亮光後，隨即熄滅。

應該剩有足夠的燈油，他才會想徹夜點燈。太郎緊緊環抱雙膝，在黑暗中靜止不動。

呼、呼，只聽得見自己的呼吸聲。

不曉得過了多久，太郎終於拿定主意，準備朝靠近座燈，重新點燃燈火——轉身面向座燈時，通往走廊的隔門彷彿一直在等候這一刻，霍然開啓。太郎整個人跳了起來，回頭望去。

昏暗的走廊上，立著一道修長的女人身影。不知爲何，只看得到衣帶以下的部位，胸部以上的部位則是融入黑暗中。

女子一身青紫色和服。相同顏色的衣帶上，纏著鮮血般紅豔的繫繩。女子打著赤腳，滿是泥濘。

那滿是汚泥的腳，迅速移動到房內。

太郎倏然起身，衝向窗戶。一時力道過猛，撞破紙窗，他用力打開，擠出窗外。他想逃離這裡！

這時，在窗外的暗夜下，有顆女人頭飄浮在空中。女人頭飄至太郎臉旁。那鮮紅的嘴迸裂，朝太郎臉上呼出墳土般冰冷的氣息。

女人頭呻吟般低語：

「這次我不會再放你走，我要你的人頭。」

太郎大喊「救命」，當場昏厥。

太郎醒來時，天色已亮。由宇夫人神色哀戚地坐在他的右邊，擔心地望著他。阿秋也坐在一旁，同樣臉上覆滿愁雲，似乎剛哭過。

令太郎吃驚的是，左邊有個熟悉的聲音在跟他說話：

「喂，你醒來啦？」

是房屋管理人。他的太太也在。他們都是太郎的熟人，但今天顯然神情有異。老闆娘像在生氣，管理人則是臉色憔悴。

我大概要被送回長屋了吧——太郎心想。所以，管理人特地來領他回去。

「聽說你發出聲音了。」老闆娘臉色凝重地開口。「既然這樣，試著說出昨晚的遭遇。爲什麼你會昏倒？如果你什麼都不說，我們無從得知。你娘也會太過牽掛，無法放心前往另一個世界。」

管理人的大手在後腦不住搔抓，似乎覺得很尷尬。這到底是怎麼回事？

「兩位是今天早上前來。」由宇夫人說明：「由於太郎昏倒，我們打算天一亮就派人通報管理人。不過在那之前，他們就先到了……」

像要打斷由宇夫人的話，老闆娘俐落地接著道：

「你娘的牌位每晚都鬧個不停。」

自從太郎離開長屋，佛龕裡整晚都會發出叩叩叩的聲響。

「我們猜你娘是在擔心，所以每天燒香祭拜，對妳娘說『太郎不會有事的』，他到一處好地方工作，也許日後還有機會成爲店家的養子，所以安心前往西方極樂世界吧。可是，妳娘聽不進耳裡，我們才來探視你的情況。」

老闆娘補上一笑。

「瞧我家那口子，是不是憔悴許多？明明大家都說他比雷公強悍，但你娘的牌位大鬧，他晚上都睡不著覺。其實，他這個人膽子很小。」

管理人再度搔抓起後腦。原來他是這樣才一臉尷尬啊。

「來到店裡一看，得知你昨天昏厥。果然就像你娘擔心的，你有哪裡不對勁。來，說吧。爲了你娘的亡靈著想，你得振作一點才行。」

太郎坐起身，按住噗通噗通直跳的心臟。有辦法說嗎？他舔了舔乾涸的嘴唇，深吸一口氣。

「人頭……」太郎發出聲音：「女人頭……」

太郎終於說話了。話語流暢地從他口中說出，連他自己都嚇一大跳。說完可怕的經歷後，他再度感到背脊發冷，但吐出淤積心中的祕密，渾身暢快許多。

聆聽的過程中，由宇夫人兩頰泛紅。接著，她熱淚盈眶，嗓音不再悲傷、輕細，而是高興得顫聲大叫，撲向太郎，緊緊抱住他。

「如果你看得到那顆女人頭……如果你眞的看得到，那你絕對是我們的孩子！是我們的親生兒子！」

那是十年前發生的案件。

淺一郎和由宇的孩子出生不久，便遭人擄走。犯案的是曾在葵屋擔任女侍的女子，名叫阿吉。

阿吉是透過人力仲介商僱用的女侍，但事後調查得知，她對人力仲介商說的出身全是憑空捏造，其實是來路不明的女人。當時她已三十多歲，但頗具姿色，總能吸引路過的男人目光，而且身材窈窕，連人力仲介商也被她矇騙。

起初，阿吉很認眞工作，尤其對當時單身的淺一郎，照顧得特別殷勤。由於阿吉是美女，淺一郎感覺還不壞，但阿吉畢竟年紀比他大，而且總覺得無法完全信任這個女人。

不過，生性善良、待人和善，是淺一郎的優點，他並未冷漠對待阿吉。阿吉似乎打一開始就對淺一郎和葵屋的財產懷有野心，此舉更助長阿吉的邪念。到店裡工作約半年後，阿吉以爲很快能和淺一郎結爲夫妻，成爲葵屋的夫人，四處逢人便說。

這造成葵屋莫大的困擾，因爲淺一郎和由宇的婚事正在討論中。在婚事正式談妥前，上一代當家找來阿吉，將她革職。

阿吉臉色鐵青，極爲憤怒。她眼尾上挑，激動地質問「你要硬生生拆散少爺和我嗎」。淺一郎不忍心見父親爲難，來到阿吉面前說「我和阿吉之間什麼也沒有，全是她一廂情願」。雖然淺一郎個性溫柔，還是很堅決表達立場。

阿吉臉色大變。

她撂下話——哦，是嗎？那好吧。既然如此，我也有我的辦法。想玩弄我的感情，再一腳踢開我，沒這麼簡單。我很快會還以顏色，你做好心理準備吧！

阿吉留下這句詛咒隨即離去，留下很糟的餘味。

三個月後，淺一郎迎娶由宇。阿吉的詛咒之後不見半點跡象，也沒任何怪事發生，於是大家認為那應該是一時的狠話，鬆了口氣。

很快地，夫妻倆有了愛的結晶。生下長男，家中後繼有人。葵屋沉浸在祝福聲中，人人歡欣不已。阿吉看準這個破綻，眾人視線移開片刻，嬰兒就被擄走，連名字都沒來得及取。

葵屋馬上通報官府，當地捕快全力協尋。擄走嬰兒的肯定是阿吉。那個執著心深重的女人，一直在等這對年輕夫婦生下孩子，然後犯下這等傷天害理的罪行。阿吉打算怎麼對待孩子，大家想都不敢想，當務之急是找出她的下落。

阿吉欲望深重，但並不聰明。她留下了線索，三天不到，就查出她在押上村的村郊，和嬰兒一起躲在廢屋。然而，千鈞一髮之際，她躲過趕去的追兵，成功逃離。

當時太陽已下山，不巧又是濃雲密布的新月之夜，空中只有寥寥幾顆星星，四周都是旱田和水田。追兵奔過田壟，越過水渠，找尋阿吉的行蹤。最後，終於逮到逃進村莊倉庫裡的阿吉。

只有阿吉一人，她沒將孩子帶在身邊。她冷笑著說：孩子礙手礙腳，丟在田裡了。不管怎樣，打一開始她就沒想讓孩子活命。

追兵和葵屋的人改為找尋嬰兒，卻遍尋不著。隔天早上，在村莊北側的水渠取水口，發現一件卡在柵欄上的嬰兒服。

嬰兒可能是落入水中，被水沖走了。看來凶多吉少，眾人皆大感失望，頓時死心。心痛的由宇臥病不起，傷了身子，再也無法懷孕。向來一帆風順，過著幸福日子的葵屋，蒙上一層暗影。

阿吉落網後經過嚴密的調查，官府得知她在前一個工作的店家偷了銀兩，於是判處斬首。在斬首前，她咬牙切齒，無比懊惱地說——其實我無意丟棄那名嬰兒，只是想擺脫追兵，爲了將他藏好，我暫時讓他躺在南瓜田裡。

阿吉四處逃竄，一度回到原地想抱回嬰兒，但田地全都十分類似，而且滿是青綠的南瓜，看起來跟嬰兒的腦袋沒什麼兩樣，才會找不到。提到那個嬰兒，他完全不哭，要是聽見哭聲，就能知道他在哪裡，趕在追兵發現他之前，先取下他的腦袋。如果他眞的被水沖走，當然最好，不過我還是想親手殺了他。親手勒死可恨的淺一郎夫婦所生的孩子，可惜沒能成功，唉，眞不甘心——阿吉大喊著，隨即被斬下首級。

可能是臨死之際，腦中的邪惡念頭留在人世吧，過沒多久，淺一郎的寢室隔門上浮現一個像女人頭的污漬。約莫十天後，明顯變成阿吉的人頭圖案。

不可思議的是，這人頭圖案只有淺一郎和由宇看得見，其他人什麼也看不見。而且，不管怎麼更換隔門，或請人來驅邪誦經，仍一再浮現，沒完沒了。

不得已，葵屋只好封了淺一郎的房間，改當儲物間。之後，女人頭一直留在那裡。

太郎聽得目瞪口呆，淺一郎和由宇緊抱著他，又哭又笑。一旁的管理人和老闆娘像在責怪彼此，互瞪一眼。接著，老闆娘嘆了口氣，道出實情。

「之前一直隱瞞，是我們認爲沒必要告訴太郎。但事已至此，不告訴你也不行了。」

太郎並非他母親的親生兒子，而是撿來的棄嬰。管理人和老闆娘自從他母親來租屋，很快便看出這一點，向她質問，於是得知眞相。

十年前的夏天，太郎的母親在押上村南方種田。某天夜裡，她撿到一名順著水渠漂來的嬰兒。剛出生不久的嬰兒全身冰冷，不知爲何，一起漂來的南瓜葉緊緊黏在他身上，就像一艘船，撐起他的身軀，他才沒溺斃。

那年，太郎的母親剛因梅雨季末期的一場大水，失去丈夫和一歲大的兒子。她十分寂寞，夜夜以淚洗面。此刻撿到順水漂來的嬰兒，她認爲是上天所賜，決定偷偷養育。

她替嬰兒取名「太郎」，和夭折的兒子同名。

要是讓人知道她撿到棄嬰就麻煩了，於是她馬上離開村子。然後，兩人相依爲命，宛如眞正的母子。

「你娘眞的很疼愛你，我們沒辦法硬拆散你們母子，只好守住這個祕密。」

老闆娘說著，眨了眨眼。約莫是想掩飾眼中的淚水。

太郎一下得知許多事，有種眼花繚亂的感覺。母親生前會膜拜南瓜，是多虧南瓜葉，太郎才沒溺斃的緣故。我是葵屋的孩子，老爺和夫人是我的爹娘。

更重要的是，原本我一直發不出聲音。當阿吉回頭來找我時，我在南瓜田裡沒哭也沒發出聲音，始終保持安靜，才撿回一命。娘口中的「南瓜之神」，爲了防止阿吉發現我，封住我的聲音。

世上眞的有「南瓜之神」。娘沒說錯，「南瓜之神」憐憫我，守護著我。

鬆了口氣，太郎忍不住在由宇夫人的臂彎裡放聲大哭。

「不過……眼下不能只顧著高興。」

管理人恢復惡鬼般剛硬的表情，如此低語。

「太郎回到這個家之後，阿吉的靈魂也回來了。昨晚她不也說了嗎？『這次我不會再放你走』。繼續待在這裡，不太妙吧？」

眾人流露不安之色，面面相覷。但太郎安撫自己，內心逐漸平靜時，突然想起離開長屋的前一晚，坐在他枕邊的黃色小人。對啊，它一定可以……

「管理人大叔。」太郎說：「我有個主意。」

夜色濃重，幾乎令人喘不過氣。今晚連鈴蟲的叫聲也聽不到。

太郎蒙頭蓋著棉睡衣，整個人蜷縮在墊被上。阿吉會來，她一定會來。

一直點著沒熄的座燈，突然滅了。

通往走廊的隔門倏然開啓。

來了。

「這次我不會再放你走，我要你的人頭。」

阿吉的亡靈，發出分不清是吶喊還是悲鳴的叫聲，飛撲而來，響起「啪嚓」一聲。

在此同時，太郎掀開棉睡衣，一躍而起。阿吉雙目圓睜，眼珠都快掉出來，轉頭望向太郎。她露出森森利牙，咬中和太郎的腦袋一樣大的南瓜。太郎事先在棉睡衣底下藏了一顆南瓜。

「我不會再放你走——這句話應該是我說的才對。」

在這聲喝斥下，管理人和淺一郎衝出壁櫥。兩人都握著長棍。爲了防止阿吉的人頭逃脫，太郎拋出棉睡衣將她罩住，緊緊揪住她。管理人他們隔著棉睡衣，掄起長棍使勁打。手持火把的夥計趕了過來，抬腳猛踩。

半晌後，眾人氣喘吁吁地掀起棉睡衣查看，發現在碎裂的南瓜包覆下，殘留著一團無比骯髒，像綿屑般的東西，約莫一個手掌大小。管理人兜攏後，拿到庭院灑上油，一把火燒毀，頓時散發出一股焚燒女人頭髮般的氣味。

「這樣應該就沒事了。」

管理人說的果然沒錯。儲物間裡的那顆女人頭從此消失，沒再現身。

之後，太郎以葵屋獨生子的身分生活，仍不時會懷念亡母。淺一郎和由宇體諒太郎的孝心，建議他將寄放在管理人家中的牌位帶到葵屋供養。

葵屋還是一樣生意興隆。唯一不同的是，這家人從此不吃南瓜。雖然神龕上供奉著南瓜，但沒人會吃南瓜。左鄰右舍都感到納悶，爲什麼這家人不吃南瓜呢？

陣雨惡鬼

走過新大橋，越過猿子橋，阿信來到南六間堀町時，原本是秋高氣爽的好天氣，四周突然暗了下來。抬頭一看，大片烏雲由西往東飄來，恐怕會有一場陣雨。

阿信改爲小跑步。她對老闆娘撒謊，說住老家時照顧過她的房屋管理人病危，才得以外出，沒時間磨蹭。秋色漸濃，這幾天早晚天涼，連手腳都變得冰冷，但此刻不過跑了一小段路，就額頭冒汗。想到這也算是內心樣貌的一種呈現，阿信益發心急。

來到街角轉彎，走進三間町，人力仲介商那熟悉的老舊招牌映入眼中。阿信刻意停步，爲了給自己打氣，反覆念著「男女員工人力仲介所」這行漢字。

入口處的紙門緊閉。如果沒開門進去，就跟沒來過一樣。要是她轉身離去，她會繼續在加納屋工作，什麼事都不會發生。

她察覺身子在顫抖，連耳垂也熱了起來。

阿信暫時閉上眼睛，接著打開門，喊一聲「打擾了」。

眼前是窄小的土間，然後是設有入門台階、約四張半榻榻米大的客廳，擺有一張四周圍著帳房柵欄的小桌子，及厚厚一疊帳冊。與五年前委託店主安排她到加納屋當女侍時相比，幾乎沒什麼改變。但就阿信所知，白天開店的這段時間，禿頭的店主應該不會離開小桌子前，現在卻不見人影。只剩褪色的藍紫色坐墊，備顯落寞。

阿信再次揚聲叫喚「打擾了」。這時，從小桌子後方的暖簾裡，傳來一個女人的聲音「來了」。

「請等一下。」

那聲音俐落應道。阿信心裡焦急，實在無法靜靜等候，忍不住在土間來回踱步。

一名頂著劉海、身穿華麗的格子圖案和服，年約四十的女子，突然撥開暖簾現身。她以圍裙擦著手。

「哎呀，歡迎光臨。」對方坐在帳房柵欄內的店主坐墊上，如此招呼道。「妳需要人力仲介是嗎？」

阿信從未見過這名女子。她點點頭，搓著雙手，神色忸怩。

女子嫣然一笑，「不好意思，我家那口子昨天感冒發燒，臥病在床，還不斷呻吟。當眞是鐵打的漢子也有病倒的時候，不過，總不能放著他不管。」

阿信聽著，全身緊繃的力氣洩去。照理來說，這是失望的緣故，不過當中摻雜著一絲放心。

「所以，在他病癒之前，暫時無法處理人力仲介的事。不過，他吩咐我聽取來訪的人有何要事，才沒關店門。」

「這樣啊……」阿信恭順地點頭。「請問，您是店主夫人嗎？」

「是啊。只是，我沒那麼尊貴，『夫人』這稱呼我擔待不起。」

女子莞爾一笑，劉海搖晃。就阿信來看，她的年紀和母親差不多，不過容貌秀麗，帶有雍容華貴的氣質。五年前，這家店的老闆就是小財主，名字十分吉利，叫「富藏」，但阿信記得他是個王老五。

女子似乎看出阿信心中的猜疑，開朗地詢問「該不會妳以前來過吧」。

「是的，五年前換工作時來過。」

「那麼，妳應該不知道我。兩年前我才和店主成婚。」

女子說完，咧嘴一笑。「我們算是老頭配上大嬸，也用不著辦婚禮。雖然沒四處昭告，但我確實是他的妻子，不是什麼可疑人物，妳大可放心。」

阿信急忙搖頭，「不……我不是在懷疑您。」

「是嗎？妳似乎一臉不安。剛才忘了先說，我叫阿蔦。喊我『夫人』，怪不好意思的，直接喚我『阿蔦』就行了。」

阿蔦在帳房柵欄內重新坐正，攤開一本橫式的白色帳冊。

「剛才提過，如果有什麼要事，我可以聽妳說，之後再轉告我家老爺。我記性不好，但寫在這裡就不會忘。若是讓妳白跑一趟，就太過意不去了。妳要找新工作是吧？」

阿信瞄向阿蔦指的帳冊。上頭有許多大大的平假名文字，應該是阿蔦記下客人的要事，但看起來活像是孩童的習字本。想到自己說的話，會一字不漏地寫在這裡，阿信頓時雙頰發燙。

「不，我改天再來。」

她不禁怯縮，如此低語。

「哎呀，這樣的話，至少告訴我妳的名字吧。既然妳以前來過，就是我們的主顧。要是招待不周，老爺會責罵我。」

「可是，我……」

「妳急著找工作吧？不過，眼下正是青黃不接的時期。遇上裁減人力嗎？是我家老爺之前介紹的店家，不對吧？這五年來，妳都在那家店工作嗎？現在丟了那份工作是吧？」

阿蔦直爽、毫無惡意的口吻，反倒一刀刺進阿信的心坎。不習慣說謊的阿信，面對阿蔦連珠炮似地提問，實在無法招架。

「我是在……」阿信吞吞吐吐地回答：「五年前的二月，老闆介紹我到下谷一家搗米店『加納屋』當女侍。」

「嗯，下谷的加納屋是吧。」

「我要辭去那裡的工作。」

「好端端工作了五年，卻突然要辭職？」阿蔦蹙起眉頭，「是不是捅了什麼漏子？雖然妳看起來不像會做這種事。」

阿信低下頭，阿蔦頗感興趣地上下打量著她。

「看來，妳有難言之隱。」阿蔦壓低話聲：「妳年紀輕，又有幾分姿色。從妳粗糙的雙手，可知道妳一直都很認眞工作。」

阿信馬上把手藏進衣袖裡。

阿蔦笑盈盈繼續地說：「如妳所見，我不是什麼良家婦女，不過對於女人，我自認有鑑定的好眼力。容我直言，妳該不會是在店裡捲入感情糾紛，才會落入突然被解僱的窘境？」

雖然不是發生在店裡，但確實和感情有關。阿蔦說中了，阿信心頭一震。她倒抽一口氣，全身一僵，沉默不語。

「妳有可依靠的親人嗎？爹娘還在嗎？」

「不，沒有……」

「也沒有兄弟姊妹是吧，所以才來人力仲介商找工作。」阿蔦傾身向前，手搭在帳房柵欄上。「我家老爺雖然長得像鬍鯨一樣醜，但似乎頗有人望。不光是妳，很多客人都來找他商量這種事，妳用不著顧忌。」

的確，這位店主很懂得照顧人。他那可怕的長相如同阿蔦的描述，但他笑的時候，會變成溫暖又滑稽的表情，阿信至今仍印象深刻。

五年前來到這家店時，阿信剛在前一年的霍亂和秋天的水患中，相繼失去父母。她只是個十三歲的少女，孤苦無依，不知何去何從。這位店主設身處地為阿信思考出路，談好去加納屋工作，還包了個紅包給她，要她買件二手衣穿。

店主的好意，阿信銘感於心，今天才會來找店主幫忙。

「我……」

阿信開口，卻遲遲說不出話。一直保持沉默實在很對不起阿蔦，但另一方面，要說出潛藏心中的祕密，又羞愧難當，兩種情緒幾乎要將她撕裂。

「不是在店裡引發糾紛。像我這樣的下女，加納屋的人都對我很好。廚房裡的工作我什麼都不懂，他們也願意從頭教我。」

「妳是廚房的女侍嗎？」阿蔦點著頭，一副瞭然於胸的神情。「搗米是粗重活，聽說那裡的人多是大胃王。煮飯想必十分辛苦吧？」

阿信急忙搖頭。「搗米眞的需要很大的力氣，但那裡沒人是大胃王，食量和普通人一樣。」

「是嗎？那麼，早晚各吃一升米，然後拿跟嬰兒的頭一樣大的飯糰當下午的點心，是川柳（註）裡才有的故事嘍？」

「嗯，當然。加納屋的安先生、蓑先生、銀先生，他們都不貪吃。」

阿信激動地應道，阿蔦回一句「這就奇怪了」，哈哈大笑。

「不過，這樣的故事不是挺有趣嗎？妳完全被店家同化了。」

這麼一說，阿信微微一笑。廚房女侍的工作並不輕鬆，不過加納屋確實是個好店家。在阿信眼裡，等同是她唯一的家。

所以，她才割捨不下。

「可是……」阿蔦嘴角掛著笑意，恢復正經的神情。「既然待得這麼愉快，妳爲什麼要辭職？」

又回到一開始的話題。依目前的情勢，阿信最不想說的事，看來是非說不可了。

「我對工作的店家沒有任何不滿。」阿信惴惴不安地說：「不過，有人告訴我，換去另一個可以領多一點工錢的地方比較好，他會替我安排更適合的店家。」

阿蔦重新打量阿信。阿信不禁低下頭。

「妳不滿意加納屋的工資嗎？」

阿信激動得跳了起來，「不，沒這回事！」

「我想也是。妳沒有親人要養，也沒欠債，對吧？」

「是的……」

「有其他原因，讓妳想多賺點錢？」

阿信默默頷首。

「我來猜猜，是爲了男人？」

就算刻意不點頭，看阿信的神情，阿蔦應該也已猜出。阿信臉頰發燙。

阿蔦低頭望向打開的帳冊，像在唱歌似地加上節拍，吁了口氣，發出長長一聲「嗯」。

「進一步猜測，說要幫妳找好工作的，是同一個男人吧。」

「是的，」阿信小聲承認：「是同一個人。」

註：日本的詼諧諷刺短詩。

「換句話說，這件事再庸俗不過了，那個男人——也就是妳的情人，希望妳能多賺點錢。這不是爲了妳，而是爲了他自己。」

「不，不是這樣！」阿信雙手搭在帳房柵欄上，傾身向前。由於力道過猛，打翻卡在柵欄上的燭台，滾到桌面的另一頭。阿信連忙道歉，拾起放回原位，阿蔦則是袖手旁觀。這段時間，她臉上一直掛著淺笑。

阿信就像跑了一大段路，喘著氣說：「重太郎先生是爲我著想。他說年輕的時候當女侍還行，但日後上了年紀，就無法吃這行飯。要趁還能工作時多攢點錢，如果夢想在大路旁開一家自己的小店，他知道更好的工作地點。他比我懂人情世故，見過的世面比我廣，所以他是眞的替我著想。最重要的是，他是柳橋知名的船老大，賺的錢比我多，才不會對我這種人有非分之想。他不是沒用又卑鄙的小人。」

阿信前傾著身子，一口氣說完一大串話。阿蔦彷彿在逗弄可愛的小狗小貓，含笑望著她，接著輕嘆一聲，溫柔詢問：「那麼，重太郎先生建議妳換去哪裡工作？」

「位於淺草的……新鳥越町……」

「淺草是吧。」

「一家叫『明月』的料理茶屋。」阿信說完，吞嚥口水，乾渴的喉嚨發出「咕嘟」聲響。「他希望我在那裡當女侍。」

「女侍是吧。」

「是的，聽說要幫客人倒酒，不過我負責的是端酒，所以像我這種長得不起眼的女人也能勝任。」

「不過，他們能給妳不錯的工資？大概是多少？」

聽重太郎說，一年五兩。目前在加納屋是一年一兩，根本沒得比。

「五兩是吧。」阿蔦一副瞭然於胸的神情，點點頭。「嗯，條件很好啊，連我都想去了。不知道他們缺不缺上了年紀的侍女。」

雖然阿蔦笑著說，聲音卻是從鼻孔發出，擺明著嗤之以鼻。阿信身子一僵。

「這麼說來，妳不是被加納屋解僱，是妳要向加納屋請辭，沒錯吧。」

「是的。」

「既然這樣，跟他們實話實說，請不要編造一些沒意義的謊言。」

就是難以啓齒啊——阿信含糊不清地解釋，但阿蔦完全沒聽進耳裡。

「那麼，妳今天來是想商量什麼？如果是決定改去『明月』工作，也沒什麼大不了，不必特地向我家老爺報告。妳在加納屋待了五年，就算妳爲個人因素想請辭，也不會損及我家老爺的顏面。妳專程從下谷趕來，究竟想說什麼？」

阿蔦明顯話中帶刺的口吻，令阿信感到害怕。但聽著她的挖苦，阿信逐漸火冒三丈，待回過神，已回嘴反擊。

「我沒想說什麼。只是顧及過去店主代爲介紹，有恩在先，才來打聲招呼。既然妳認爲這份情義是多餘的，我馬上走人。」

沒想到，阿蔦哈哈大笑，露出一口白牙。

「幹麼跟刺蝟一樣啊，妳這姑娘真有趣。」

接著，阿蔦突然傾身向前，換她雙手緊抓著帳房柵欄湊近，幾乎快貼在阿信臉上，悄聲低語：

「順便再猜一下，妳是想問我家老爺，那家叫『明月』的料理茶屋，是怎樣的地方？在那裡真的只要做女侍的工作嗎？雖然相信心愛的重太郎先生，但還是無法完全釋懷，心裡充滿不安，才來這裡確認，沒錯吧？」

阿信說不出話。阿蔦與阿信之間的差異，簡直像大蟒蛇對上小蚯蚓。

「不用我說也知道，其實光是開口問就很不識趣，妳迷上重太郎了吧？所以我說的話才會左耳進右耳出，但我要是不說，會渾身不自在。妳想想，看到喜歡的女人好不容易在正派的店家認真工作，卻刻意要她換去料理茶屋工作，這種男人有哪個是正經的？打一開始就露出馬腳，他們只想讓女人去賺錢，好供自己玩樂，根本是一肚子壞水的無賴漢。」

阿信不禁大喊：「才沒這回事！重太郎先生……」

阿蔦沒嚷嚷，卻輕易打斷阿信的話。「他對妳很溫柔，買過衣帶夾送妳？不然就是髮簪或香粉？莫非在下雨的日子，妳的腳陷進泥濘中，鞋帶斷裂，正傷腦筋時，他把手巾撕破，替妳修好？還是，妳替店裡出外跑腿時，在鬧街上被無賴纏住，他出手相救？妳該不會就為這麼湊巧的事，對他死心塌地吧？」

在鬧街被無賴纏住——確實被阿蔦說中，阿信再度啞口無言，臉泛潮紅，彷彿連垂下的眼皮內側也熱了起來。

「哎呀呀，瞧妳那滿臉通紅的模樣。」阿蔦撫掌大樂。「沒想到都這個時代了，仍有年輕姑娘會上這種把戲的當，可見江戶實在太大了。」

阿信很想哭，要是沒來就好了。原本只是對重太郎先生的話有點不安，希望借助人力仲介商這位店主的智慧，才來找他商量，沒想到是個錯誤的決定。

不過，她們如此大聲交談，內宅卻一片靜寂，沒半點聲息。富藏的病情那麼嚴重嗎？人們說感冒是萬病之源，阿蔦不該一直陪阿信閒聊，應該回病人枕邊照顧他才對，爲什麼一直緊纏著她不放？這個人眞討厭。

「聽我的準沒錯，妳趁早忘了重太郎這個男人吧。」

阿蔦向泫然欲泣的阿信溫柔地說道。

「稍微冷靜想想，妳就會明白我的話沒錯。如果他眞的是會替妳著想的男人，豈會叫妳離開目前這麼好的工作，改去當茶屋女侍？」

阿信振奮即將怯縮的心，頑固地緊抿雙唇。她心想：這個人嘴巴說得好聽，其實根本瞧不起我。當我是涉世未深的小丫頭，把我看扁了。講得一副很懂的樣子，誰會相信這種女人的話啊！

「哎呀呀，瞧妳板著一張臉。」阿蔦窺望著阿信的神色，「妳要生我的氣，我無所謂。因爲我說妳心愛的重太郎不是個好東西，妳聽了很不是滋味吧？」

「妳又沒見過他！」阿信忍不住怒火爆發，出言反駁。「明明對重太郎先生一無所知，卻大放厥詞！」

「我的確沒見過重太郎。」阿蔦完全不爲所動，「不過，類似的男人我很清楚，清楚到我都嫌煩了。我的人生開始走楣運，就是遇見像妳的重太郎那樣溫柔的美男子，聽信他的花言巧語，傻傻跟著他走，最後把十年的青春全賣給妓院。」

阿蔦說完，淺淺一笑。這次她笑的對象不是阿信，而是自己的往昔。

「附帶一提，當時我才十五歲，比現在的妳年輕。即使沒有分辨男人的眼光，也小妳三歲，罪過不重。但我墮入了妓院，人生只要走錯，就無法重來。女人實在很弱小，無法違抗照顧自己的男人，只能隨他拖著走，最後去到一個再也無法回頭的地方。我就是個活生生的例子。」

阿蔦往胸口一拍，直視阿信。她臉上浮現各種表情，似笑、似哭，又似憤怒，像在努力嘗試，哪一種表情阿信才能接受。

阿信彷彿要抓住自己，雙手揪緊衣袖。我好害怕，可是，是什麼令我這般害怕？若我的怒火再旺一些，就能消除心中的害怕嗎？

阿蔦徹底看穿阿信的心思，毫不留情地接著說：

「妳覺得害怕吧？不過，不是我讓妳感到害怕，而是妳打一開始就害怕。剛才我不也說了嗎？妳來找我家老爺，是爲了確認那家叫『明月』的料理茶屋是何底細。對心愛的重太郎的甜言蜜語起疑的，不是別人，就是妳自己。這一點妳應該比誰都清楚。這絕不是什麼壞事，證明妳還有分辨是非的智慧，也是妳和年輕的我不同的地方。或許是三歲的差異，也或許是腦袋的差異，眞要選的話，我認爲一定是後者。」

阿信沉默不語。受到這樣的稱讚，她根本高興不起來。機靈、細心、什麼都一學就會，做事俐落——如果是這樣的誇讚，她在加納屋常聽到。但那不是眞正的誇讚，只是說她身爲一名女侍，表現得很好。就算不是阿信，只要能和她做得一樣好，也會受到誇讚。

但重太郎不同。他眼中只有阿信，說阿信是他在這世上最重要的人。阿信從未遇過這樣的人。

阿蔦望著阿信，嘆了口氣。

「像我啊，都三十多歲了，卻仍不斷上男人的當。眞是糟糕，我根本沒資格對妳說教。不過……」

阿蔦的頭側向一旁，看起來活像是個少女。

「明知這樣絕不會有好下場，我實在無法放著不管。」

阿信後退半步。啊，我受夠了。

阿信抬起下巴，充滿憎恨地放話：「不用妳操無謂的心，重太郎先生的人品沒問題。我會離開加納屋，但我會跟老爺說明清楚。打擾了。」

阿信轉身朝門口走去，才發現外頭已開始下雨。烏雲密布的天空，飛快地落下冰冷的雨滴。

「哎呀，下起陣雨了。」

阿蔦也下到土間，站在阿信旁邊。阿信發現她身上淡淡散發出一股難聞的金屬氣味，不禁暗想：好怪的香味。

「這就怪了……」阿蔦望著眼前的大雨，喃喃自語。「這種時候竟會下起陣雨。拜此之賜，我想起一個老故事。」

「老故事？」

「將近二十年前，在這種下陣雨的時節……我看到一個有點可怕的東西。」

此話一出，任誰都會被深深吸引。但阿信明白，這是阿蔦挽留她的手段，所以她什麼也沒說。

「在眾生當中……」阿蔦自顧自地說：「有人爲了一己的私欲，會戴上親切和善的假面具，若無其事地欺騙他人，甚至行凶殺人。這種傢伙在漂亮的臉蛋下，藏著惡鬼般的本性。」

她輕聲細語，口吻平淡而冷靜。

「當時，深川一帶還沒併入江戶的範圍內，算是下總代官的領地。傳聞被稱爲十萬坪、六萬坪的猿江和大島的新田一帶，妳可曾去過？雖然偏僻，但現在已有不少武家宅邸。不過，以前什麼也沒有，說到比較大的宅院，只有一橋家，其餘全是一望無際的水田。從這個地主家走到另一個地主家，至少得走上半條街那麼遠。夏天酷熱難當，冬天的乾風則是教人無法睜眼。梅林倒是挺美，春天時美得令人驚豔。每天早晚，鸊鷉成群沿著青色的運河飛過盛開的梅花之上。所謂的極樂美景，或許就是指這一幕吧。」

阿蔦瞇起眼，彷彿那幕光景浮現在視野中。

「由於某種原因，我無法待在江戶，改名捏造出身，在龜戶村的地主家當女侍。因爲地處鄉下，就算沒有正式的保證書，一樣可以工作，再適合我不過。雖然年代久遠，但地主家至今依舊安泰，名諱容我隱而不表。」

阿蔦說到這裡，望向阿信，微微一笑。這時，再度飄來淡淡的金屬氣味，也許是她的呼吸散發出的氣味。

「那戶人家有位剛過米壽（八十八歲）的老太爺。他年事已高，幾乎無法下床，頭腦也不太靈光，在別館獨居，所以我常會幫老闆娘的忙，前去照顧他。」

老太爺是個老實人，但不時會脫口說出奇怪的話，這是他的毛病。

「至於他說了什麼？他會說『我看得到惡鬼』。從別館的窗戶隔著小小的庭園和運河，可望見一整片水田。那一帶有一座蓄水池，四周環繞著美麗的梅林。他說看得見惡鬼孤零零地佇立在梅林裡。」

這話確實十分吸引人，阿信問：「是在大白天嗎？」

阿蔦頷首。「沒錯，因爲晚上一片漆黑。他說是在太陽底下，那傢伙頭上長著一對角，一看就知道是惡鬼。通常惡鬼只會有一隻，但有時會混在佃農當中，往往沒人發現。這故事很奇怪吧？」

阿蔦第一次聽聞這個故事，是在梅花盛開的春天。前一年歲末她才來到這位地主的宅院工作，剛習慣女侍的生活，不管聽到什麼，只會恭順地低頭附和。

「地主宅院裡的人，似乎沒人把老太爺的話當眞。所以，我也當是老年人胡言亂語，左耳進右耳出，沒放在心上。然而……」
夏去秋來，白晝逐漸縮短時，老太爺突然身體衰弱許多，溘然長逝。
「我們著手整理別館，忙得不可開交。告一段落後，雖然沒眞正發生過什麼事，我卻莫名在意起老太爺提到的惡鬼。我想知道老太爺是否眞的看到惡鬼，於是前往梅林查探。」
之前阿蔦曾在宅院管家的吩咐下出外跑腿，去過佃農住的小屋，也曾行經梅林一帶。不過，直到這時候她才爲了驗證老太爺那番話的眞僞，前往一探究竟。
「坦白說，我覺得很可怕。」阿蔦悄聲道。「老太爺死得太突然。我心想，該不會是只有老太爺看得到的那個惡鬼，發現自己被瞧見，才加以殺害吧？」
阿蔦繞過庭園，來到水田的田壟後，忽然下起雨。
「當時下起了陣雨。」
阿蔦轉向戶外，望著銀粉般的大雨。
「就像現在這樣。」
她仰望天空，猶豫著該不該往回走，但彷彿有什麼力量拉著她，最後她仍奔向梅林。
這一帶水田提早收割，已全部收成結束，四周空蕩蕩，不見佃農在此工作。當然也不是梅花綻放的時節，呈現蕭瑟冷清的景象，只有遠方傳來陣陣鳥鳴。
阿蔦孤身一人。
「就在那裡……」

阿蔦露出線條鮮明的美麗側臉，如此說道。

「我遇見惡鬼。」

猛然回神，發現就在梅林裡，惡鬼被陣雨淋成落湯雞，看起來又冷、又餓、又悲傷。

「不過，還是覺得很不吉利。」

阿蔦閉上眼睛，回憶道：

「我忍不住開口：哦，你就是惡鬼吧？因爲被雨淋溼，你的人皮面具融化了。」

接著我轉身，頭也不回地逃跑。

「來到田壟上，我轉頭望去，發現蓄水池的水面映照著梅林，白茫茫的雨籠罩四周，完全不見惡鬼和任何人影。但我確實看到惡鬼，也曾眼神交會。」

說到這裡，阿蔦沉默片刻，似乎沒有繼續的意思。

這故事有點詭異，而且沒有完整的結尾。惡鬼沒追過來，引發騷動，事後也沒查明惡鬼是何來歷。毫無脈絡可循，阿信很不自在，不知該如何附和。

阿蔦可能有所察覺，回頭看阿信一眼，咧嘴一笑。「講了一個無聊的故事。由於下起陣雨，我不禁想起那件事。」

「我得回去了。」

「也對。我會跟我家老爺說一聲。不好意思，沒能讓妳見到他。」

這場陣雨應該很快就會停歇，而且雨勢確實逐漸轉小，所以阿信一再婉拒，但阿蔦執意要借傘給她，並再次叮囑「千萬別忘了惡鬼的事，他們都披著人皮」。阿蔦就像忘了原本要談的話題，老在強調惡鬼的事。阿信覺得不太對勁，逃也似地離開人力仲介店。她想用跑的，最後連傘也沒撐。

之後，過了兩天。

阿信在廚房煮菜時，女侍總管阿島皺著眉頭走近，似乎有什麼事。她向阿信招手說——有個人自稱是深川的捕快政五郎的手下，有話想問妳。一聽到深川，阿信心頭一震，不過她沒告訴任何人之前曾造訪人力仲介店，所以她乖乖跟著阿島來到屋外。

這名捕快的手下個頭矮小，頂多二十歲左右。不知是虛張聲勢，還是天生就長著這副尊容，他右邊嘴角歪向一旁，像沒釘好的釘子。他開口說「抱歉，打擾了。妳是阿信姑娘吧」，話聲倒是相當和善。

「我想私下談點事，要向阿信姑娘借一步說話。」

小個子的捕快手下如此說道，將阿島支開。女侍總管不悅地離去後，那名捕快手下壓低聲音，靠近阿信半步。

「前天下午，妳去過深川三間町的人力仲介店吧？我就不浪費時間，直接跟妳說了。由於工作的關係，我查出妳去過那裡。有人認得妳。」

阿信雙腳發顫，馬上坦白招認。是的，我確實去過。

「妳明明在加納屋工作，爲什麼去那個地方？」

阿信猶豫著該怎麼回答，捕快手下性急地暗啐一聲。

「既然如此，我問另一個問題吧。妳當時見到店主富藏了嗎？」

「他感冒臥病在床，所以沒見到。我只見到老闆娘。」

聽阿信這樣回答，捕快的手下原本沒歪的另一邊嘴角，也跟著上揚。「老闆娘？」

「是的，她叫阿蔦。」

那名捕快的手下不光嘴角上揚，連眼尾都上挑。阿信不懂他為何這般驚訝，努力地說明，阿蔦是個四十多歲、體態婀娜的中年婦人，前額蓄著劉海，身穿格子圖案的和服。

「喂喂喂，等一下。」

捕快手下粗魯地打斷阿信的話，像是身上有哪裡痛，誇張地緊皺眉頭，舉止僵硬。

「妳真的是在前天下午去三間町嗎？」他確認道。

「是的，不會有錯。我回到加納屋後，淺草寺的鐘敲了八下……啊，我去三間町沒多久，下起陣雨。等我要過大川時，雨就停了。」

前天午時一過，確實曾下雨。猛烈地下了半個時辰的雨才停——捕快的手下兀自嘀咕。

「到底發生什麼事？」阿信漸感焦急。

捕快手下朝阿信不住打量，拿她沒轍似地說：「看來，妳真的很驚訝。妳什麼都不知道吧？」

三間町的人力仲介店主富藏，前天黃昏時分，在內宅的小房間裡遭人一刀刺進脖子身亡，被來訪者發現。

「前天黃昏時分？那麼……」

阿信雙手摀著嘴，捕快手下卻緊接著往下說：「現在驚訝還太早。雖然是在黃昏時分發現他陳屍家中，不過根據驗屍的官差所做的調查，他更早之前就遭人殺害，行凶時間至少得回溯到大前天半夜，因爲屍體已開始發臭。家中一片凌亂，值錢的東西全被洗劫一空。對方下手相當凶殘。」

阿信聽得瞠目結舌。殺人、搶劫，簡直就是惡鬼的行徑。

「妳去店裡拜訪時，富藏的屍體躺在內宅的房間。附帶一提，死者單身，根本沒有什麼老闆娘。」

「這樣說來……」

「那名叫阿蔦的女人，是強盜的同黨。怎麼看也不像是光靠一個女人就能犯下的大案子。她留在命案現場，信口胡謅，巧妙地演了一齣戲，不讓附近的人看出富藏已遭殺害，以爭取時間，慢慢在屋裡搜刮。附近居民都知道，富藏存了不少錢，但可能是爲了保險，他把錢財分散藏在家中。此舉反倒替他惹禍上身。」

阿信好不容易才又開口：

「這怎麼可能……眞不敢相信。」

「我想也是。實在驚險，要是稍有差池，搞不好妳就會被拖進內宅，堵住嘴巴。」

「可是，我要離去時，阿蔦還留住我。她爲何要那麼做，不是很奇怪嗎？」

捕快手下宛如彎釘的嘴角，得意地上揚。「依妳剛才的描述，妳沒說住處，也沒報上名字，就打算離開吧？所以她才會留住妳。」

「爲什麼？」

「那個叫阿蔦的女人，記下來訪者的住處和名字，是想確認有誰見過她的長相，日後會比較放心。」

是嗎？眞的只是這樣嗎？阿蔦只是爲了保險，刻意留住阿信，以一句「妳有感情的煩惱吧」揭開話題，和她聊那麼久。

是因爲聊到惡鬼嗎？

他們可是相當難對付的歹徒——捕快手下不甘心地暗啐一聲，但也顯現出一絲振奮精神的態度。

「那個叫阿蔦的女人是重要的線索。稍後我會帶我們老大一起過來，妳再多告訴我們一些細節。我還會畫下人像，妳可別亂跑。只要乖乖把知道的事全說出來，絕不會給妳添麻煩。」

阿信顫抖著應了聲「是」，見捕快手下將衣襬撩起塞進腰帶，準備快步跑遠，急忙朝他背後叫喚。

「等一下，我借了一把傘！」

「在富藏家借的嗎？」

「是的，是阿蔦姊……不，是名叫阿蔦的女人借我的。」

捕快手下命阿信馬上拿來，她急忙飛奔回去取傘。那是一把老舊的油紙傘，沒什麼特別之處。

「可以打開來看嗎？」

「請。」

一打開傘，年輕的手下馬上發出「噢」一聲驚呼，阿信也倒抽一口冷氣。

打開傘後，只見內側濺滿點點污漬。

「是血痕。」

這名手下似乎愈來愈有幹勁。

「這是重要的證物，先寄放我這裡。妳也眞是受苦了，聽好，再提醒一遍，千萬別害怕惹事上身而逃走。我家老大和那些奸巧的捕快不一樣，妳不必瞎操心。」

阿信大爲惶恐，一味低頭鞠躬。待那名手下跑遠，後門只剩阿信一人，她忽然一陣頭暈目眩，當場蹲下，雙手抱膝。

阿蔦她……

（在眾生當中……）

混有披著人皮的惡鬼。

（在漂亮的臉蛋下，藏著惡鬼般的本性。）

會若無其事地欺騙他人，甚至行凶殺人。

我就是個例子。

由於極度的恐懼和悲傷，阿信一直靜靜蹲在原地。此刻不管聽到什麼她都會害怕，連抬頭都感到排斥。世界是從何時開始變成這樣？

就在阿信全身緊繃時，天色突然變暗，下起雨來。是陣雨。秋天常見這種陰晴不定，來得特別快的冰冷細雨。

她想起前天阿蔦露出線條清晰的側臉，望著陣雨，一副若有所思的神情。啊，這麼一提才想到，當時阿蔦身上散發一股金屬氣味。那不是奇怪的香氣，恐怕是屍體和鮮血的氣味吧。

嘩啦嘩啦落下的雨滴，在阿信的臉上冰冷地彈開。

阿信以手背擦拭，返回廚房。明明頭髮和臉都濕透，但她太過吃驚，喉嚨無比乾渴。一走進後門，她馬上掀開水甕的蓋子，拿起勺子。於是，她的臉清楚映在滿至甕邊的水面。

阿信差點發出驚呼，勺子不自主地脫手。勺子打向水甕邊緣，發出「噹」一聲清響。

偏僻水田中央的蓄水池，及環繞四周的梅林。在白茫茫的雨中，阿蔦遇見惡鬼，與惡鬼目光交會。

不過，那惡鬼的眞面目，不就是阿蔦映照在蓄水池面的容貌嗎？老太爺遠遠看到的惡鬼，不就是阿蔦佇立在梅林的身影、阿蔦混在佃農中的身影、阿蔦她本人嗎？

不就是人皮假面在冰冷的陣雨下融化，清楚呈現原形的惡鬼嗎？

「阿信！」

聽到呼喚，阿信驚訝得叫不出聲。

「重太郎先生……」

重太郎抬手遮住前額擋雨，撩起衣襬走近。

「要是阿島姊看見，我會挨罵的。」

「我知道，但還是忍不住想見妳一面。」

他吐出甜言蜜語，將阿信摟入懷中。濃郁的髮油氣味竄入鼻腔，阿信感覺到壯碩的手臂碰觸著她的背後。

「妳在發抖，怎麼了？怎會站在這裡淋雨？」

重太郎擔憂地望著阿信，輕撫她的後頸，像要替她取暖，不住摩挲她的肩膀。同時，他還頻頻對阿信輕聲細語，接著從下方一把抱住阿信，在她耳畔說悄悄話。

「阿信，如果妳到『明月』工作，就不必有這層顧慮，隨時都能見面。」

重太郎呼出的氣息，令阿信的耳垂發癢。

「對方一直在等妳，希望妳能早點去。如何，是不是拿定主意了呢？爲了聽妳的答覆，我特地趕過來，沒想到遇上大雨，老天爺眞不識趣。不，站在這裡才不識趣。」

阿信突然想放聲大哭，想用力甩動手臂，狠狠打重太郎一頓。她想大鬧大叫，向重太郎逼問：你說的話都是眞的嗎？你是不是在騙我？你到底是不是惡鬼？

我該相信什麼才好？

「阿信，怎麼了？妳眼裡泛著淚光。」

重太郎安撫似地說著，鬆開阿信的身軀，從懷中取出一個用布包好的物品。

「喏，妳看。這是我之前在夜市發現的，雖然價格不貴，但挺漂亮吧？如果做成髮簪，插在妳頭髮上，一定很好看。」

他遞到阿信面前的，是大小如同棒棒糖，殷紅如血的一塊紅玉，外表磨得相當光滑。阿信沒伸手拿，只是默默凝望。上面映照出她的臉。

阿信的臉，是普通人的臉。

目前還是。

「如果妳在『明月』工作，就算是女侍，也得戴上這種漂亮的髮簪。」

阿信邊聽重太郎說，邊暗自思考。剛才那名矮個子的捕快手下提到的政五郎老大，眞的是懂人情世故的人嗎？那麼，我向他坦白拜訪富藏的原因，再告訴他重太郎和新島越町的『明月』的事，詢問他的意見，他會聽我說嗎？特地叫妳辭去正派工作的男人，沒有一個是好東西——明理的政五郎老大會這樣對我說嗎？

我不知道，我什麼都不知道。阿信還是深愛著重太郎。

儘管如此，阿蔦說的話擱在她心裡，揮之不去。那是身爲惡鬼的阿蔦給她的忠告——趁一切還不會太遲，還沒變成像我這種惡鬼前，趕快修正錯誤。

隔著重太郎的肩膀，阿信注視著他身後的陣雨。如果雨一直下，再多下一點，在地面形成水窪時，試著映出兩人的臉吧。

在毫不停歇的小雨中，靜靜佇立著一個不是人的異形之物。陣雨呈現出的幻影，朝阿信緩緩緩搖頭。

阿信不禁雙手掩面。

灰神樂

位於桐生町五丁目的平良屋，派人向本所元町的政五郎報案，說店內員工引發砍傷事故，不知可否馬上來一趟。那是冬至當天清晨，天還沒亮的時候發生的事。

被家中的童工叫醒後，政五郎穿著睡衣，匆匆忙忙來到後門，只見一名同樣身穿睡衣，披著一件棉襖，個頭矮小的老翁，雙手握著燈籠的提把。平良屋是總店設在神田鍛冶町的木屐店，位在桐生町的這家店是分號，店主一家連同員工不到十人，算是個小商號。店主與政五郎沒多深的交誼，並非一見面就能喊出對方的名字。政五郎問「你是店內掌櫃嗎」，老翁冷得直打哆嗦，低頭行一禮，艱難地擠出聲音回應「在下是掌櫃箕助，一大早跑來打擾您，眞是抱歉」。

「沒什麼，用不著道歉。鬧事者制伏了嗎？」

「是的，我們合力壓制住不法之徒，並將他囚禁。」

「傷患情況如何？去請大夫了嗎？」

「老闆娘已派女侍去請之前治療疝氣的大夫過來。」

「是本所的大夫嗎？」

「不，是神田本家那邊的……」

不待他說完，政五郎應一聲「原來如此」，打斷他的話。如果是和本家有交情的大夫，不論砍傷事故的原由，日後若不想上衙門作證，可省去不少麻煩。政五郎鬆了口氣，看來，目前他該做的事就是跑一趟現場。

他急忙更衣，以手巾擦了把臉。終於傳來卯時（五點～七點）的敲鐘聲，聽起來十分渾濁。或許很快就會用到傘了。

準備妥當，來到後門一看，老掌櫃已熄去燈火，將折好的燈籠放在一旁，坐在土間的入門台階處，捧著大茶碗。茶碗冒出溫暖的熱氣。

這是政五郎的妻子貼心的安排。這次來的是老翁，茶碗裡裝的應該是白開水。如果來的是小孩或女人，就會端出麥芽糖水招待。因為甜食能讓慌亂的小孩和女人平靜下來。倘若是身強體壯的男人跑來，就算是隆冬的半夜，也不會提供任何招待，酒當然就更別提了。政五郎的妻子很懂得拿捏這方面的分寸。秋初到冬天的這段期間，她絕不會讓手邊的火種熄滅，因此，儘管半夜得多次起身，朝鐵壺裡裝滿水，頗費工夫，但隨時都能提供熱開水。雖然令有些人感到吃不消，不過算是一份周到。

「身子暖和點了吧。看你氣色也轉好，我們走吧。」

政五郎像在替箕助打氣般，如此說道。

「雖然風波平息了，但你們店裡的人想必很痛心，所以我們快走吧。不過，絕不能慌，明白嗎？」

待天明後，路上會有人。認識箕助的人們要是看到老掌櫃臉色大變，和捕快一路奔跑，肯定馬上謠言四起。箕助不愧是資深的夥計，馬上明白政五郎話中的含意，恭順行一禮，應聲「好」，跟在政五郎後頭走。

元町到桐生町的五丁目，以成人的腳程，只要小跑一下就能抵達。清早或深夜的交談聲，會傳得出奇地遠，要是邊趕路邊交談就太粗心了。政五郎快步前行，朝平良屋而去。豎川映照著天空，水面籠罩灰濛之色。今天早上還沒看見半隻鸕鷀，冷風拂過水面吹來，寒氣直滲鼻端。

桐生町的平良屋，兩個月前才受隔壁蕎麥麵店的火災波及，後門到廚房一帶重新改建。政五郎從後門走進屋內，還隱約聞得到木材的清新氣味。在屋內等候的下女，馬上引領他進入客房。平良屋並不大，店主和老闆娘匆匆走來的腳步聲聽得相當清楚。

與店主夫婦打照面後，政五郎頗爲吃驚。兩人都很年輕，夫妻倆應該都還不到三十歲。店主面如白蠟，老闆娘則是哭喪著臉。先與兩人寒暄後，政五郎馬上提出探望傷患的要求。

「在這邊。人已先搬往我們的寢室，讓您見笑了，眞的很抱歉。」

只見一名年輕男子躺在床上，膨鬆的棉睡衣蓋至下巴處。他面無血色，一張臉像棉布一樣白，但他睜著眼，發現政五郎到來，馬上想起身。政五郎急忙制止，要他不必多禮。

「這是舍弟善吉。」平良屋的年輕店主靠向床頭，繃著臉說道。「他是神田本家的人，前天到我這裡過夜。」

「他的傷勢如何？可以讓我瞧瞧嗎？」

老闆娘掀起棉睡衣，露出善吉的胸口。他敞開睡衣的衣襟，底下的胸膛纏著手巾和棉布。全身多處滲血，但政五郎判定傷勢並不嚴重。這是割傷，而且傷得不深，看起來不像是利刃刺傷。

「胸口也有……」店主輕輕抬起弟弟的手臂。這裡也滿是割傷。

「你當時是想避開刀刃的攻擊？」

「是的。」善吉無力地應道。「睡覺時突然有人揮刀砍來，我嚇一大跳。」

政五郎安撫似地頷首，但善吉說的話，他並未照單全收。如果眞是在他熟睡時突然遭人砍傷，絕不會只是這樣的小傷。

「聽說行凶者已遭囚禁，是這裡的員工吧？」

「是的。」年輕的店主夫婦互望一眼，嘆了口氣。「眞搞不懂她到底是怎麼了……」

「是名叫阿駒的女侍。」老闆娘淚眼迷濛，結結巴巴地說道。「當初陪我從娘家嫁來這裡。」

「兩位成婚後，平良屋到這裡設店是嗎？」

夫婦倆頷首回答「是的」。

「幾年了？」

「兩年。」

「夫人的娘家也經商嗎？」

「是的，是本鄉的一家藥材批發商。」

「阿駒今年幾歲？」

「二十歲。小我兩歲，所以我當成妹妹看待。她從懂事起，一直跟在我身邊。」

「我就開門見山地問了，請莫見怪。善吉先生，記得做過什麼會讓阿駒揮刀砍你的事嗎？」

善吉不安地仰望哥哥，平良屋店主也注視著弟弟。老闆娘來回望著兩人。細看後發現，不單這對兄弟長得很相似，連老闆娘也和他們有幾分相似。

「我完全不記得。」

不知是不是傷口疼痛，善吉皺著眉頭應道。他仰躺著，為了避免牽動傷口，刻意說得很慢，所以聲音聽起來輕細無力。

「畢竟是男人遭女人揮刀砍傷，就算我說不記得了，聽起來也像是違心之言，這點我十分明白。但我是前天到這裡過夜，才第一次就近看到阿駒、和她說話、知道她的名字。」

政五郎露出微笑。「您不必這麼防備。明明沒做什麼錯事，卻被捲入砍傷人的風波中，這種情況相當常見。」

善吉虛弱一笑。可能是鬆了口氣，店主夫婦也浮現放心的笑容。

「不過，恕我問個問題，您為何從本家來這裡過夜？以神田與本所這麼近的距離來看，若說是喝得酩酊大醉走不回家，可說不通。」

善吉為難地眨了眨眼。平良屋店主展現出照顧弟弟的兄長風範，移膝向前。

「我是平良屋本家的次男，善吉是三男。繼承本家的大哥為人嚴峻，善吉雖然會幫忙店裡的生意，畢竟是吃閒飯的身分，住在家中如坐針氈。就在前天，他終於無法忍受，與大哥大吵一架，才跑來這裡……」

「原來如此。」政五郎莞爾一笑。「我明白了。大夫應該快到了吧？這樣就沒什麼好擔心的。只要聽從大夫的吩咐，別太勉強自己，就不會有事。這樣的小傷，可以完全治癒。」

說完，政五郎站起身。

「那麼，我去會會阿駒吧。」

阿駒被關進儲物間。

手腳都以手巾束縛，嘴裡塞了手巾。儲物間裡堆滿木箱和箱籠，阿駒像是整個人被塞進縫隙裡，而且是橫躺，若不拿燈火，根本看不清她的臉。

政五郎出聲叫喚，阿駒毫不應聲。我是捕快，妳知道自己幹了什麼好事嗎——政五郎加重語氣，出言威嚇，阿駒還是不理睬。政五郎心想，該不會是手巾堵住她的呼吸？急忙扶起阿駒查看，阿駒雙眼卻露出凶光，趁政五郎準備替她拿出口中的手巾時，想咬他的手指。

簡直就是瘋狗。政五郎再度將阿駒按倒後，離開儲物間。差點被咬到的手指上，沾有阿駒的口水，他取出懷紙擦去。

儲物間的門口，有一名年紀與政五郎相當的男子在看守。他是木屐工匠，名叫誠次，已成家，住在相生町的長屋裡，趕著要出貨時，會留在店裡過夜。昨晚也是要加班趕工，所以留下過夜，他直言不諱地說，掌櫃年邁，小老爺又怯懦，幸好有他在場。

「你是本家的工匠吧？」
「嗯，沒錯。當初小老爺到這裡開店時，老太爺拜託我來幫忙。」
「保險起見，我確認一下，你說的小老爺，是指這裡的店主吧？」
「沒錯，因爲他是次男。」
「本家那位是長男。」
「對，就是現在的老爺。老太爺是老爺、小老爺和善吉先生的父親。」誠次露出驕傲的神情。
「當初，老太爺從上一代當家那裡繼承店鋪時，我已是獨當一面的工匠。」
「你很了解阿駒嗎？聽說，她是老闆娘的隨身女侍，當初嫁進門的時候一起跟過來。」
「她是個冷漠的女人。」誠次不悅地說道。「老闆娘的娘家是藥商，總是趾高氣昂。連女侍也瞧不起木屐這項工作。」
「可是，小老爺他們夫妻感情不錯吧？」
誠次哼一聲，「那是在扮家家酒。」
「這個家還有其他人嗎？」
住在店裡的員工，有女侍、夥計各一人。固定到店裡工作的工匠，是兩名年輕人，稍後應該就會抵達。
「辛苦了，我向其他人問話的這段時間，可以請你繼續留在這裡看守嗎？」
「可以啊，小事一樁。」誠次露出豪邁的笑容。「只要有我在，就算阿駒又發狂，我也不會像善吉先生那樣大意。包在我身上，老大。」

光是問完一輪，便花了政五郎將近一個時辰。檢查過阿駒砍傷善吉所用的刀，那是從廚房攜出的切菜刀，昨晚阿駒才用來切蔥。或許多虧這是切菜刀，善吉才沒被砍成重傷。

然而，並未瞧出什麼端倪。

阿駒工作勤奮，從沒發生過感情糾紛，是個潔身自愛的姑娘。善吉來過兩次，這是第一次留下過夜。大家都感到納悶，認爲他應該沒機會和阿駒親近。

這些話是出自同住一個屋簷下，一起工作的人們口中，得打些折扣，這一點政五郎也明白。或許大家都在包庇善吉。或許是善吉以玩弄的心態招惹阿駒，傷了她的心，害她惱怒，於是她加以報復。這種情況最有可能。

但當了二十年捕快，政五郎的直覺在耳邊低語——平良屋的人並未說謊，沒人包庇善吉，阿駒的行爲令眾人相當詫異，傷透腦筋，這是事實。看起來很不眞實，卻是如假包換，這樣的情形時有所見。儘管是極不合理的事，該發生的時候還是會發生，這就是人世。

從神田多町趕來的大夫，仔細替善吉療傷，並向大家保證不要緊。等大夫治療完畢，政五郎與他見面，表示有事想商量。

大夫與掌櫃箕助差不多年紀，體格也相似，但精神像馬鞭一樣抖擻，響亮的嗓音十分不適合說悄悄話。

政五郎告訴他，關在儲物間的阿駒有點古怪，還想張口咬他手指。

「大夫，可以幫阿駒檢查一下嗎？」

「您是政五郎老大吧，是不是懷疑她染上什麼病？恐水病（狂犬病）嗎？」

他大聲應道，政五郎不由得縮起肩。此時，平良屋的人應該都豎起耳朵，想偷聽大夫和捕快在說什麼悄悄話，希望他們別嚇一跳。

「沒錯，就像您說的。恐水病是遭狗咬才會感染吧？然後，會像狗一樣口吐白沫，胡亂咬人。因為怕水，才叫恐水病吧？」

大夫偏著頭髮花白的腦袋，再度大聲說：「總之，先檢查一下阿駒的身體。如果有狗咬的傷痕，就有這種可能。要是發現傷痕，就讓她看桶裡的水，觀察她的反應。」

果不其然，政五郎陪同大夫前往儲物間時，店主夫婦和箕助等人慌亂地緊緊抓著他們，一副快要哭了的神情，一再詢問：阿駒是否染上怪病？會不會傳染給善吉？我們不會有事吧？

大嗓門的大夫早習慣大聲說話會惹出風波，絲毫不為所動，一派輕鬆地替阿駒診斷。他十分小心謹慎，沒取下塞在她口中的手巾，但為了仔細診斷，鬆開她手腳的束縛。不過阿駒很安分，完全沒亂來。這麼一提才發現，與她剛才想咬政五郎的時候相比，此刻她的眼神變得平靜許多。

「身上沒有傷痕。」

大夫如此說道，目光掃過緊抓著儲物間拉門的平良屋眾人。

「這十天、二十天內，有人看到野狗在附近遊蕩嗎？不論是生病的狗，還是死狗都算在內。有人發現模樣奇怪的狗嗎？」

沒人發現。眾人面面相覷，搖了搖頭。

大夫雙手置於膝上，像要說教般擺出嚴峻的神情，俯視著阿駒。接著，他以震耳欲聾的聲量說：

「喂，妳保證會安分嗎？」

阿駒嘴裡咬著手巾，一雙大眼靜靜注視著大夫。

「妳或許已染病，我想替妳診斷，明白嗎？」

阿駒一再點頭。由於咬著手巾，往左右拉扯的嘴角流下口水。

「那麼，我幫妳取下手巾。」

大夫說完，手繞到阿駒脖子後方，鬆開手巾的繩結。

政五郎做好防備。站在儲物間拉門旁的眾人也都暗自吞了口唾沫。

吐出手巾後，阿駒一陣咳嗽，抬頭環視四周。

接著，她突然柔弱地哭了起來。

大夫仍維持嚴峻的神情，轉頭望向政五郎：

「不能讓她離開這裡嗎？」

政五郎瞥了大夫一眼，傾身靠近阿駒問：

「阿駒，妳知道自己做了什麼事嗎？」

阿駒只是哭，淚水順著她圓潤的雙頰滑落。細看後發現，她頗具姿色。

「妳身爲女侍，卻傷害店主家的善吉先生，此舉死罪難逃。不過，妳或許有什麼理由，所以店主和老闆娘心想，能否向官府隱瞞此事，不必將妳五花大綁地押出平良屋，於是急忙把我找來。妳明白店主和老闆娘的這份體恤嗎？」

阿駒停止啜泣，拭去臉上的淚水，但什麼也沒說。

「這位大夫診斷後，認爲妳可能患有重病。如果是生病，就不能把妳押送番所（註）。所以，大夫接下來會仔細替妳診斷，明白了嗎？妳會安分吧？如果不配合，只能再度將妳綁起，這次眞的會押送番所。」

阿駒倏然抬頭。她的脖子並不長，但看在政五郎眼裡，不知爲何，卻覺得像極了一尾昂首吐信的蛇。

「捕快老大。」阿駒以沒有起伏的聲音喚道。

政五郎像魂魄瞬間被吸走，緊盯著阿駒。那雙烏黑的眼瞳，好似淺淺的一灘水窪上映照的太陽，炯炯生輝。

「政五郎。」阿駒又喚一聲。接著，她猶如在朗誦文章，清晰地說道：

「你殺過人吧。」

註：江户時代，負責消防、巡警等工作的地方官府機構。

眾人僵在原地。

阿駒朗聲大笑。那不正常的笑聲，宛若輕煙升向天花板，愈竄愈高，接著轉爲尖叫般刺耳。

「呀！」

她大叫一聲，呼出一團白灰般的氣息，雙目圓睜，當場癱軟。

大夫急忙扶起她，探向她的脈搏，不發一語地搖搖頭。阿駒已斷氣。

最後，政五郎決定對外聲稱，阿駒是患上恐水病猝死，死前病蟲入腦，精神錯亂，才會揮刀傷害善吉，以此結案。這樣應該不會引來定町迴（註）的官員懷疑，不過爲了謹愼起見，還是得請附近的番所嚴格獵捕野犬，看起來也比較煞有其事。

案件是解決了，但疑點仍在。

阿駒……她到底是不是眞的發瘋？

她斷氣前呼出的白色氣息，又是什麼？

阿駒爲什麼會對政五郎說「你殺過人」？

她確實說中了，政五郎殺過人。那是在他年輕還沒當捕快前，過著像雜碎般的人生時，犯下的錯。當初要是繼續誤入歧途，或許早化爲刑場上的亡魂。不單是政五郎，不少捕快擁有不可告人的過去。想在成爲捕快後的人生中，爲過去犯下的錯贖罪，愈是抱持這種想法的人，工作愈是賣力。

政五郎也是如此。所以，好長一段時間，他都忘了自己殺過人。

事情平安落幕，平良屋的人感到心滿意足，眞相如何根本不在意，倒也難怪。那位上了年紀，但聲若洪鐘的大夫說，阿駒臨死前呼出火盆炭灰般的雪白氣息，是他唯一在意的事，並對政五郎強調「唯一」，佯裝「我沒聽到什麼關於殺人的事」。

於是，政五郎配合演出。

「大夫，呼出那樣的氣息便喪命的疾病，您是否想到什麼？」

大夫搖搖頭，拈著長眉應道：

「完全想不到。老大，你呢？」

「大夫都想不到了，我怎麼可能想得到。」

「你覺得那團白色的氣息，看起來像火盆裡的炭灰嗎？」

「嗯，有吸入火盆裡的炭灰，引發肺病的案例嗎？」

醫師沉著臉說沒聽過這種情況，馬上喚來和阿駒同寢的女侍，問她在房裡會不會用火盆。比阿駒年輕的女侍，失去像姊姊般的阿駒後，顯然還沒走出悲傷。她泫然欲泣，語無倫次。不得已，大夫和政五郎轉爲向老闆娘詢問，是否同意阿駒在女侍房裡使用火盆。

老闆娘露出慌張之色，反問：這是很嚴重的壞事嗎？

「不，不算什麼壞事。只是，一般商家很少會讓員工使用火盆。」

註：負責巡邏市街、取締違法情事、偵辦大小案件的職務。

「或許吧，不過……我認爲在這個季節，女侍一樣會覺得冷。」
雙方說好，火盆自己買，木炭費用從工資裡扣除，只有隆冬時節才准許女侍房裡升炭火。
「可以讓我看看阿駒的火盆嗎？」
老闆娘從女侍房間取來的火盆，是長約一尺的小型瀨戶陶烤手盆，已有些年代，上頭有多處細小的裂痕。白灰均勻抹平，灰裡埋著熄炭。
「對了……」
見政五郎和大夫在檢查火盆，那名年輕女侍開口：
「最近阿駒姊常會弄出灰神樂（註），然後望著出神……」
政五郎與大夫面面相覷。
「妳說什麼？」
政五郎追問，年輕女侍嚇得蜷縮起身子。
「用不著害怕，我不是在罵妳。妳是說，阿駒以這個火盆揚起灰神樂，並望著出神嗎？」
女侍應了聲「是」。「她先把木炭燒得火紅，再特地從廚房裝來一碗水，灑在木炭上。」
於是，頓時揚起水氣和白灰——
「她一直靜靜望著那幕景象。」年輕女侍稍稍停頓，接著結結巴巴地補上一句。「像在和某人玩瞪眼遊戲。」
政五郎想起近看阿駒時，她臉上的神情確實像在玩瞪眼遊戲。

他好似突然被潑了桶水，一陣寒意上湧。

「這樣炭火不就可惜了？」大夫說：「妳問過她為何要那麼做嗎？」

「沒有。」

「可是，妳覺得這麼做很奇怪吧？」

「是的……但這種情況我只見過兩次，而且都是在晚上。」

女侍又露出快要哭了的神情。

「好不容易獲得老闆娘的准許，得以用火，要是有個差池，萬萬不行，所以她才會灑水熄火吧。」

可是，如果每次都灑水熄火，木炭就報銷了。

政五郎緩緩湊近，朝火盆裡窺望，聞到炭灰的氣味，鼻子一陣搔癢。

「這灰是……？」

「和家中使用的一樣。」老闆娘回答，不安地絞著手指。「這炭灰有什麼不對勁？是疾病的來源嗎？」

「不，應該不是。」大夫馬上應道：「不必擔心。」

「不過……善吉先生的房間還是改用其他炭灰吧。對傷患來說，平時沒有危害的東西，或許也

註：朝燃燒中的灰灑上水後，灰煙揚起的情景，稱為灰神樂。

會造成影響。」

「這個火盆是阿駒買的吧？」

「嗯，我想沒錯。」

可能是在哪裡的二手器具店買來的。

「知道她是什麼時候開始用的嗎？」

「這個嘛……」

老闆娘望向年輕女侍，只見女侍低下頭。

「這樣啊，眞是一場災難。」政五郎決定結束這個話題。

「我政五郎在此保證，不會再爲這件事來叨擾。不過，老闆娘，方便的話，這個火盆能否暫時交給我保管？」

老闆娘一口答應。「沒問題，請。有勞您了。」

政五郎借來一塊包巾，仔細將火盆裹好帶回。他告訴大夫，會先在家中試用，觀察情況。

「我想，應該不是火盆或炭灰的關係，這樣的病根本前所未聞，只是……」

大夫拈著長長的眉毛，神情略顯凝重地說：

「如果可以，最好在通風的地方使用。請多留意。」

當夜——

政五郎向妻子說明此事。待家中的手下都熟睡後，他在房裡擺好那個火盆，並點燃火。

這是政五郎以捕快的身分與人見面時所用的房間。面向小巧的庭園，設有外廊，還有氣派的神龕。妻子是個膽大的女人（莫非如此，無法與政五郎結爲連理），不顯一絲怯色，但她點亮了神龕的燈，還把其他地方用的座燈也搬來，一次點亮三盞。整個房間燈火通明，教人有些難爲情。由於面向外廊的紙門完全敞開，政五郎打了個噴嚏。這麼一來，通風根本好過頭了。

待火盆裡的木炭燒紅，政五郎提起長火盆上煮沸開水的鐵壺。

「聽著，先摀住口鼻，別吸進炭灰。」

妻子以衣袖遮住半張臉，向他點點頭。

「你也屏住呼吸吧。」

政五郎應了聲「好」，往阿駒的火盆裡倒水。隨著「滋」一聲，灰神樂輕飄飄地揚起。

政五郎定睛細看，妻子也睜大眼睛。先前阿駒說的話，清楚浮現在政五郎的腦海。

——你殺過人吧。

像白色海法師（註）的灰神樂，那輕柔渾圓的身形很快便消散，從外廊飄往屋外的暗夜，無影無蹤。

「什麼啊……」妻子如此低語，話聲中略帶不滿。「只是普通的灰神樂嘛，哪裡不對勁嗎？」

註：原文爲「海坊主」，是一種居住在大海中，頭部渾圓的妖怪。

「不知道。」政五郎回答。剛才有好一段時間，他緊握著鐵壺的提把，心情就像握著十手（註），但旋即轉爲一種酒醒的感覺。他將鐵壺放回長火盆上。

妻子噗哧一笑。

政五郎跟著笑了起來。

什麼也沒發生，只是普通的火盆，似乎是他想多了。

「我也不清楚，不過，或許問題不是出在這個火盆上。」

政五郎頷首。

對了，大夫不是說過嗎？不是火盆或炭灰的關係。連阿駒望著灰神樂出神的事，也不知可信度有多高，搞不好是目睹的人的錯覺。畢竟那名女侍還只是個孩子。

「老爺，要喝一杯嗎？」

「嗯，好啊。」

政五郎的心情放鬆不少。妻子雖已上了年紀，卻是個好女人。她是良家婦女，政五郎年輕時要是繼續誤入歧途，別說和她成婚了，或許會錯過彼此，無緣相識。

「剛好上總屋送來不錯的醃肉。」妻子興沖沖地站起，「是你喜歡的麴醃肉……」

就在這時——

妻子面朝碗櫃，背對著外廊，才完全沒察覺吧。不，應該是沒發現才對。政五郎如此深信，同時也如此祈求。那是轉眼間的事，恐怕只有我看到。

看到那種東西。

敞開的紙門外的緣廊，照亮房內的座燈亮光與外頭漆黑的冬夜之間幽暗的交界，一名披頭散髮、穿著過短的白衣，露出枯瘦的小腿，打著赤腳的女子，快步往外走去。不曉得她是在屋內的哪裡現身？要走去對面的何處？完全猜不出來。但她踩著「走這裡準沒錯」的堅定步履，穿過政五郎這個房間的緣廊。由於她目不斜視，健步如飛，所以政五郎只有驚鴻一瞥，沒看見她的臉。幸好沒看見。

只知道她骨瘦如柴，活像骷髏，但步履飛快。

不知爲何，她通過後，留下一陣火盆炭灰般的粉末氣味。

「哎呀，你怎麼了？」

儘管妻子出聲叫喚，政五郎還是無法回答。

「瞧你眼睛瞪那麼大，到底是怎麼了？」

以捕快的身分在這世上行走，有時會遇上不知該如何處理的物品，例如殺人的凶器、上吊的繩索。

這種情況下，政五郎會想起位於押上村的一座窮寺院——照法寺。那裡的住持和他是老交情。

註：一種帶鉤的武器，爲日本捕快專用的武器。

擁有相撲力士體格的住持，其實身上有刺青，而知道這件事的，只有他本人和政五郎。

政五郎將阿駒的火盆帶往那座寺院。

聽完政五郎的描述，住持雙眼眨都不眨一下。

「嗯，世上就是有這種事。」

他一臉睏倦地說道。

「只要好好供養，不管有什麼東西附在上頭，都不必擔心。」

阿駒是被什麼附身？而附身在阿駒身上的東西，爲什麼看得出政五郎殺過人？

面對政五郎的提問，住持笑得有些令人討厭：

「殺人凶手看起來就像殺人凶手，無所遁形。只是這樣罷了。」

阿駒的事沒對外宣揚，平良屋似乎認爲這是很大的恩情，幾天後送來一份糕餅禮盒，藏著比政五郎預想的金額高出一倍的銀兩。不過，這筆錢絕大部分是左手進、右手出，送到照法寺。

善吉的傷勢很快痊癒。他確實是個誠實的男人，不會以玩弄的心態招惹女侍。他說那天是和大哥吵架離開本家，跑來投靠桐生町這邊，後來證實確有其事。

阿駒沒有親人，由平良屋草草下葬。之後平良屋沒再發生怪事，那對年輕的店主夫婦、箕助、誠次、女侍們，都和以前一樣工作。

約莫十天後，照法寺來信通知，火盆已處理妥當。在住持秀逸筆跡寫成的書信末尾，提及每到夜裡，就會有團白色的膨鬆之物從火盆升起，在正殿和僧房四處飛行，寺內的小沙彌撞見，嚇得大呼小叫。

有一次，住持在深夜看到一名披頭散髮、穿著過短的衣服，像稻草人般骨瘦嶙峋的女人，背對著他，站在火盆旁。只是，住持沒看到臉，也不覺得有什麼。書信內容便到此結束。

政五郎以長火盆燒了那封信。紙灰化爲細粉後，他拿至廁所丟棄。既然這件事已處理妥當，那就行了，他連想都不願想起。

畢竟眼下仍是隆冬時節，日常生活中還離不了火盆。

蜆塚

在前往「小河屋」位於向島的宿舍前，米介先去了一趟淺草御藏。順道繞往藏前元町一間他熟識的魚店。前天他已拜託過魚店老闆，希望今天能買到御藏蜆。

魚店老闆果然信守承諾，拿出滿滿一籃河蜆。老闆將河蜆放回小鍋子裡，對米介說：我已在裡頭裝滿水，你帶回去的路上，河蜆會把沙子吐乾淨。

「米介兄，路上小心。要是跌倒灑了一地，你就虧大了。」

「嗯，我知道。」

米介一面付錢，一面應道。

「御藏蜆」指的是在淺草御藏的一番堀到八番堀，這段橫向運河裡撈到的河蜆。這裡每天都停靠著載滿米袋的小船。從船上卸下米袋，搬進御藏（註）時，米多少會撒出，掉進運河。這裡的河蜆就是吃米長大的，所以比其他地方的河蜆更爲肥美。

因著這個緣由，御藏蜆價格昂貴，得付出一般河蜆五倍的價格，才得以一嘗美味。米介也付給

註：江戸幕府的米倉。

魚店這樣的高價。不過，一天能撈到的御藏蜆有限，非要不可的時候，甚至得付出更高的價格，米介今天已算相當走運。

「謝謝惠顧。」外表粗獷的魚店老闆開心地說：「不過，今天不是你爹的忌日吧？你是要送禮嗎？」

米介頷首，「有位老先生是我爹多年的棋友，半個月前開始臥病在床。畢竟上了年紀，他本人的意志消沉。我想代替我爹去探望他。」

「哦，你爹的棋友啊。米介兄果然是孝子。」

介米回以一笑。若眞是孝子，當初娘去世時就能見到最後一面，在爹臥病不起前，也能好好繼承人力仲介的生意。

「我不配『孝子』這個稱號。不過，聽房屋管理人說，我爹生前頗受那位老先生關照。我爹沒什麼嗜好，唯獨偏愛圍棋。一下起棋來，異常執著於勝負，那位老先生總能忍受他這種脾氣，陪他下棋。這樣的話，想必我爹很在乎這位朋友吧。」

原來如此，路上請多小心——魚店老闆又提醒一次，送米介離去。今天天氣好，但吹來的河風冰冷。米介走著走著，打了兩個噴嚏。

米介從中風逝世的父親那裡，繼承了位於柳橋替代地上的人力仲介店面與股份，至今才五年多。他年近四十，由於長得像父親，儀表不凡，不過有時看起來也像五十多歲的小老頭。

米介的父親雖然嘮叨，卻是善於講道理的頑固老頭，看人的目光精準，對錢財的管理一板一眼，記性又好，當人力仲介的店主十分稱職。但米介和父親合不來，十五歲就離家出走，四處打零工、當雜役，輾轉換過各種工作，過著隨性的日子，轉眼已年過三旬。五年前，父親病倒，眼看來日無多，要不是柳橋一名與父親素有交誼的房屋管理人代爲四處奔走，找出他這名獨生子，讓他與父親見上最後一面，米介恐怕連父親逝世都不知道。

在房屋管理人的勸說下，來到老家一看，母親已去世，父親也病得沒辦法說話。如今米介已懂人情世故，深以自己的任性爲恥。所以，回家五天後，父親在完全沒睜眼、沒任何交談的情況下嚥下最後一口氣時，米介甚至主動問房屋管理人，這樣他能繼承人力仲介的工作嗎？

起初，他邊看邊學，有許多不會的地方。父親是擁有人望和信譽的人力仲介商，但米介長年離家在外，周遭的人都不認識他。就算突然四處拜訪問候，跟眾人說「在下是老闆的兒子，將會繼承家業」，那些店家的老主顧也不會回一句「這樣啊，了解」，馬上接納他。話說回來，米介原本就沒耐性，要不是有這名和父親一樣嘮叨、喜歡照顧人的房屋管理人陪在一旁，他或許早扔下一切開溜。

父親生前愛喝蜆湯，一年總有幾次花大錢買御藏蜆回家打牙祭，這是他唯一的奢侈享受。還有，日本橋西邊的綢緞莊「小河屋」，店內掌櫃松兵衛是他的棋友，兩人相交多年——這些事都是從房屋管理人那裡得知。這兩年來，人力仲介的工作好不容易漸漸上了軌道，所以在彼岸（註）、

註：春分和秋分的前後長達一週的期間，人們會到寺院或墳前祭拜。

盂蘭盆節、父親忌日等日子，他都會大手筆地買御藏蜆煮湯當供品，但染上霍亂比父親早十年去世的母親喜歡什麼，連房屋管理人也不記得，沒辦法，只好在佛龕裡供上鮮花。

米介與小河屋的掌櫃松兵衛第一次見面，是在父親的簡便喪禮上。他本人完全沒提圍棋的事，喪禮結束米介聽房屋管理人提及，在辦完七七四十九天的儀式後主動拜訪，他才悲戚地搖搖頭說「像你父親這麼好的棋友，恐怕再也遇不到，我打算不下棋了」，言談之間滿是消極。看他神情如此落寞，感到百無聊賴，米介心想，他和父親應該十分志趣相投。

十天前，米介聽聞松兵衛臥病不起的消息。當初在父親的介紹下，到小河屋工作將近三十年的女侍總管阿紋，來位於柳橋的店裡通知他。

「聽大夫診斷，他是水腫。難怪他一副呼吸困難的模樣。」

「之前就狀況不佳嗎？」

「這一年來，他都不走樓梯，說胸口疼。在入睡前，他也常說胸口彷彿被大塊岩石壓住，相當難受。」

「啊，這可傷腦筋了。」

「我家老爺頗爲擔心，馬上將他遷往向島的宿舍。米介先生，現在不是召募新員工的時期，而且不管換誰來，都沒辦法像掌櫃那麼能幹，但我們實在是人手不足，簡直傷透腦筋。希望您馬上幫我們安排一名員工。」

「小事一樁。不過，你們本家沒派人來支援嗎？」

小河屋是通二丁目的綢緞莊「河津屋」的分店，店名也源自於此。
「本家的掌櫃與松兵衛先生關係不睦，雙方總愛互別苗頭。」
說到這裡，阿紋似乎覺得好笑，嘴角輕揚。
「因此，我家老爺說，要是從本家調人來填補空缺，松兵衛先生就更不能安心地躺著休養了。」
「這樣啊。既然如此，我立刻幫你們想想辦法。」
米介攬下這項差事，在帳本上記下。幸好他已有兩、三個人選。
「松兵衛先生很擔心這件事，方便的話，請去探望他一下吧。」
離去時，阿紋臉色凝重，措詞倒是相當客氣。
「如果不會打擾他休養，我當然樂意前往。」
「說什麼打擾……」
阿紋一臉悲戚地搖晃著腦袋。
「他的病情不太樂觀。趁還見得到面的時候，先和他見一面吧。我最近也感受到歲月不饒人，有點意志消沉。畢竟我和松兵衛先生是多年的老交情了。」
米介不知該如何安慰阿紋，只說一定會去探望。
幸好，填補空缺的夥計很快就找到了。此人叫六太郎，是住在茅町長屋的二十多歲的年輕人。
他從十歲起就到牛込下的舊衣店當夥計，但上個月底店內遇上大火，店主夫婦命喪火窟，店鋪付諸一炬。他在熟人的幫忙下，暫時投靠深川的長屋，但頓失生計，正爲此發愁。

由於這個緣故，他身上沒有前一位店主的合約書，在長屋管理人的介紹下，前來找米介幫忙，說他希望能在綢緞莊工作，顯得幹勁十足。六太郎活潑伶俐，爲人機靈，外表乾乾淨淨，是挺適合從商的年輕人，小河屋的人似乎一看就中意，雙方一拍即合，當場敲定。

米介大大鬆了口氣。他原本心想，得早點騰出時間去探望松兵衛才行，但這幾天過得匆忙，今天終於有空。

提到向島的宿舍，眞要說的話，並非小河屋所有，是本家河津屋爲了供員工居住而建造。河津屋就算在日本橋，也是僅次於「白木屋」和「越後屋」的大店家，所以宿舍規模氣派。向島在江戶市內算是比較偏僻的地點，有不少農田和寺院，環境悠閒清幽。不時從林間傳來黃鶯的鳴唱，米介不由得駐足聆聽。

來到宿舍後，一名下女前來接待，得知米介的身分後表示「哦，我從阿紋姊那裡聽說了」。

「松兵衛先生的情況如何？」

「他變得很虛弱，不過今天早上喝過米湯。現在他醒著，這就帶您去見他。」

「勞您費心了，這是一點小心意……」

米介含糊地說著，將蜆湯連同容器一起遞出。對方開心地收下。

「聽說，蜆湯治水腫相當有效。」

松兵衛躺在六張榻榻米大的明亮房間裡，面向外頭廣闊的農田。他相當消瘦，臉色蒼白，但米介靠近枕邊時，他馬上知道，禮貌地想要起身。米介立即阻止，最後松兵衛還是借助下女的幫忙坐在坐墊上，並請下女替他披上棉襖，才安頓下來。

「只有自己一個人，連要坐臥起身都有困難，實在沒救了。」

松兵衛苦笑道，兩頰明顯清瘦許多，呼吸也顯得急促而痛苦。

「在久病不癒，給眾人添麻煩前，希望能早日歸西。」

米介想爲他打氣，試著說些好聽話，卻總是接不下去，最後還是沉默占了上風。四周只傳來水渠流經戶外農田的嘩啦水聲。

「這地方眞安靜。」

米介仍努力維持開朗的話題。

「當初家父要是也能在如此清幽、水質乾淨的地方靜養，一定會康復的。」

原本皺著眉頭、若有所思的松兵衛，突然抬起臉，迅速瞄了周遭一眼。帶路的下女早就離開，放眼望去，不見耕田的人影。那是在確認有無旁人在場的眼神。

「米介先生，剛才您的那番話，讓我想起令尊臨終前的事。」

米介急忙打圓場，「請別勉強想起傷感的事。」

「不不不，我不是想聊感傷的過往，要你替我打氣。」

松兵衛揮動骨瘦如柴的手。

「不過，我想趁這個機會確認一下。你是在令尊臥病不起後才返家，臨終前令尊沒能留下隻字片語嗎？」

米介聳起肩，「是的，他什麼也沒對我說。他似乎一直在昏睡……就這樣嚥下最後一口氣。」

松兵衛在單薄的胸前，盤起枯木般的雙臂，沉聲低吟。

「這樣的話，你什麼也沒聽令尊提起吧。不過，令尊不知道你回到家中，是在不知道你繼承人力仲介店的情況下逝世，那麼，或許就沒理由跟你說了。」

松兵衛喃喃自語。米介聽不懂他在說些什麼，但感覺話中充滿謎團。

「松兵衛先生，有什麼是我非得從家父那裡聽聞不可的事？」

松兵衛沒回答，又發出低吟。

「松兵衛先生，我應該事先聽聞的事，您知道吧？」

松兵衛緩緩眨了眨眼，望向米介。他眼眶微微泛淚，但應該不是在哭泣，而是生病的緣故。如果長期臥病在床，任誰都會變得雙眼迷濛。

「你沒從江戶其他人力仲介的店主那裡聽說……」松兵衛喃喃自語：「也沒向江戶的掌櫃確認此事。」

「是……」米介不知如何搭話。

「不過……」松兵衛以骨瘦嶙峋的手指拉扯著下巴，「還有六太郎的事。」

米介移膝向前，「六太郎？您是指我介紹的夥計六太郎嗎？」

松兵衛清瘦的下巴點了點。「沒錯，就是那個六太郎。」

「他是不是哪裡做得不好？」

「不，他是個優秀的男人，也來向我問候過，相當關心我。」

嘴上誇讚，松兵衛的口吻卻像硬逼自己吃下討厭的東西。

「他應該能成爲對店家有所助益的夥計吧。在小河屋……其實本家也一樣，他們的方針是不養沒用的閒人，員工得機靈又勤奮才行。如果是六太郎，想必沒問題。」

「松兵衛先生，雖然您這麼說，但似乎不太開心。」

米介心中暗忖，松兵衛恐怕是感到落寞吧。與年老病衰的自己相比，年輕有活力、人生才要開始的六太郎，似乎是能幹的夥計，令他心生忿恨。他的口吻中，微微透著這樣的眞心話。

——六太郎不該什麼也沒想，就前來向他問候。

六太郎是什麼時候來的？又是誰帶他來的？正當米介思索著，松兵衛開口：

「我並不是對六太郎有意見。」

松兵衛神色悲戚地揉著眼角。

「所以我才認爲，或許不該跟你說這件事。」

米介愈聽愈糊塗，忍不住問：

「松兵衛先生，您指的到底是什麼？」

松兵衛嘆了口氣，喉嚨發出「嘶」一聲，猶如寒風吹響枝椏。

「不過，我還是告訴你吧。令尊要是有機會，一定也會跟你說的。」

松兵衛盡可能挺直腰板，面向米介。
「米介先生，你是人力仲介店的店主，是人力仲介商吧。」
他正經八百的口吻顯得很滑稽，但米介沒笑，應了聲「是」。
「你繼承家業多久了？」
「快五年。」
「五年是吧。這樣的話，你可能還沒機會發現。」
松兵衛手貼向額頭。米介想問要發現什麼，但忍了下來。
「當初我在本家是從童工當起。開分店設立小河屋時，我以掌櫃的身分跟著店主走，之後長達三十年的歲月都奉獻給了店家。」
松兵衛按著額頭說道。
「我認識令尊，便是在三十年前，小河屋剛成立的時候。因爲那時候得廣招員工。」
「就是在那時候成爲棋友嗎？」
米介笑著問。他想稍稍緩和松兵衛嚴肅的表情。
然而，松兵衛完全沒笑。「沒錯，原本就是這樣才開始的。」
「開始什麼？」
「閒話家常啊。那是我們認識後沒多久的事。」
那是兩人對弈，分出勝負後發生的事。松兵衛問「感覺你今天下棋不太專心」，對方當天屢屢走出怪異的棋步。

「令尊聞言，臉色一沉，說發現一個詭異的情況。」

他提到有個人一再造訪人力仲介店。

「當然，這話的意思不是指，有人不管介紹去哪裡工作都做不久，頻頻回人力仲介店來找他幫忙。而是同一張臉的人，每隔十年，就會以完全不同的名字、不同的經歷來找工作。」

二十年前，他曾介紹一名年輕姑娘到某個店家工作，十年後，她又頂著完全一樣的面容來說要找工作，但名字不同，出身也不同。雖然覺得不對勁，他仍當是誤會，照常替對方找工作，不久便忘了這件事。

「可是，又過了十年，同一名姑娘，再度以不同的名字前來，要令尊幫忙找工作。儘管令尊問『妳十年前來過，二十年前也來過吧』，對方卻一臉納悶。如果是同一個人，應該會變老，此事透著古怪。或許只是剛好長得像罷了，然而……」

「然而？」米介受到吸引，不禁傾身向前。

「令尊暗中向同行詢問是否有類似的經驗。十多名人力仲介店的店主當中，一人有同樣的經驗。」

沒變老，外表也沒改變，只是改了名字和經歷的同一個人，每過一段時間，又會來找工作。

「那位人力仲介店的店主比令尊年長，詢問後得知，不光他本人有這樣的經驗，他從事相同工作的父親，當初也曾告訴他這樣的經驗，並提出告誡。」

世上就是有這樣的人。不會變老，也不會生病，長生不死。他們要是在同一個地方待上多年，會令周遭起疑，頂多撐十年就得更換工作地點，所以才會來到人力仲介店。尋覓一家上道的人力仲介店，得費一番工夫，只要曾上門找工作，判斷可以放心委託，他們就會一再前來。工作地點也一樣。三十年前待過八年左右，待員工不錯的店家，他們會牢記在心，只要那家店沒倒閉，三十年後就會再到同一家店工作。如果有分店也行。歷經三十年的歲月，對這些以前曾在店裡工作，但後來請辭的女侍或男傭，很少有人會記得，不會造成麻煩。造訪人力仲介店也是一樣的情況，店主會替許多男女找工作，不會特別記住某人的長相，他們很放心。

「不過，人力仲介店的店主意外地會記人長相。」松兵衛緩緩說道。「就算每次都間隔十年，但同一張臉上門過兩、三次，一定會察覺。」

就算察覺，還是得裝不知道。米介的父親以前就受過這樣的提醒。

「這些人並非都會四處爲惡，只是長生不老，所以隱姓埋名過日子。小心翼翼，不讓自己太引人注意。正因如此，絕不能欺負或追查他們。」

這句話應該是深深刻印在松兵衛的心中。他說出口時，沒半點滯礙。

「令尊告訴我這件事。當時他笑著說，雖然不會帶來什麼危害，但有點可怕吧。我大爲吃驚。因爲我從河津屋改換到小河屋工作多年，期間也有類似的遭遇。」

松兵衛起初在當童工時，老爺很賞識一名年輕夥計。此人個子矮，卻是美男子，小姐十分愛慕他。可能是犯了禁忌，他很快被解僱，離開店裡。

過了二十年，松兵衛在分家小河屋擔任掌櫃，以前在河津屋當童工時見過的那名年輕夥計，再度以員工的身分到店裡工作。與當初在河津屋時一樣的年紀，一樣的長相，但名字和出身完全不同。

店裡只有松兵衛發現此事，而且可能剛好長得像，所以他什麼也沒說。不過，兩人在一次偶然的機會下獨處，松兵衛試著說「我小時候認識一名夥計，和你長得一模一樣」，對方笑著回答「我在江戶可沒有親人」，從那之後，他都躲著松兵衛。五年後，他自行請辭，原因不明，老爺深感遺憾。

「同一個男人，過了十年後又出現在河津屋，名字和出身完全不同，與以前愛慕他的河津屋小姐年紀的差距，就像母子一樣。」

豈料，河津屋的小姐（雖然早已嫁爲人婦，成了別人家的老闆娘）還記得心上人的長相。同樣長相和身材的男人，再度回到河津屋，令她內心大亂。

「她差點被婆家休了。」松兵衛有點難以啓齒，嘴撇向一旁。

「那名男子後來呢？」

「就在小姐傳出要離婚的消息時，他突然跑了，下落不明。」

「松兵衛先生……」

米介雙膝併攏坐正，窺望著對方的神情。

「謹慎起見，容我問一句，您不是在騙我吧？」

「我爲何要騙你？」松兵衛一臉疲憊地垂落雙肩，「我句句屬實。」

「這樣我就放心了。那麼，松兵衛先生，剛才您很在意六太郎先生的事吧？如果不是我誤會，是否可將這次到小河屋工作的六太郎先生，當成是您提到的那種長生不老的神祕人物？」

松兵衛沉著臉，緩緩頷首。

「以前我見過他。不只一次，一共見過兩次。」

「兩次都是夥計的身分？」

「不，第一次他的身分，是和河津屋往來密切的絲線店女婿。」

「是贅婿嗎？這樣的話，應該不能輕易鬧失蹤吧。」

「最後他還是失蹤了。招贅爲婿後，過了約莫三年，他從書信盒裡盜走銀兩。我當時剛被提拔爲夥計，所以是三十七年前的事。」

「六太郎先生……和當時那個人長得一模一樣嗎？」

「像同一個模子刻出來的。連聲音也一樣，包括說話方式。」

「搞不好是父子，因爲相差三十七年。」

松兵衛搖搖頭。「我剛才不是說了嗎？不只一次，而是一共兩次。第二次是十五年前……不，應該是十三年前吧。正好是東兩國大火的那一年。當時六太郎在河津屋工作，待了兩年就離開。」

米介蹙起眉頭思考，感覺到光溜溜的腦袋冒出汗珠。

松兵衛確實身體狀況不佳，患的是會要他性命的重病，甚至影響了他的腦袋，令他如此胡言亂語。

「你似乎不相信。」

猛然回神，米介發現松兵衛注視著他，一雙老眼泛著淚光。

「這也難怪。當初與令尊互相說出這個遭遇前，我曾認為自己會有這種想法，根本是腦袋有問題。」

「松兵衛先生，我沒這麼說。」

氣氛正尷尬時，彷彿特地來打圓場，紙門外傳來下女的聲音。應了一聲後，她端進午膳。

「正好是午休時間，請一起用餐吧。這是您帶來的伴手禮，我煮成了蜆湯。」

下女溫柔地勸松兵衛用餐。

「老是喝米湯，您應該膩了吧。另外，還有煎蛋。蜆湯用的是御藏蜆，是這位客人帶來的慰問禮。」

松兵衛原本都不動筷，但下女在旁邊服侍，以懇求的眼神催促，他只好裝裝樣子，夾起餐盤上的飯菜。米介也提不起食欲。

用完餐，餐盤收走後，米介趁機表示該告辭了。用餐之際，尷尬的氣氛始終沒變。

松兵衛神色黯然地坐著，瞄了米介一眼，悄聲說：

「六太郎的事，令尊也知道。考量到日後你有可能繼承人力仲介店，他或許會留下什麼書信文件，你不妨找找。」

「松兵衛先生……」

米介忍不住喚一聲，卻不知該怎麼接話。眞是個可憐的老先生，腦子都是古怪的幻想。

「總之，要佯裝毫不知情。」松兵衛叮囑：「只要他們不知道你已察覺，便不會有所行動。其實，他們是一群令人同情的可憐人。長生不死，也算是一種無窮盡的受苦。要是不小心讓人知道他們的事，或許會被利欲薰心的人追著跑，逼問他們爲何長生不老，脅迫他們吐出祕密。」

有這份體恤的人，會假裝不知道──松兵衛喃喃自語。米介替他感到難過，隨便編了個藉口，匆匆告辭。

隔天，松兵衛在向島的員工宿舍亡故。

儘管在店內服務多年，畢竟只是夥計，小河屋並未舉辦隆重的喪禮，但還是邀請了幾名與松兵衛生前有交誼的朋友前來，在松兵衛起居的宿舍房間辦了一場小小的守靈儀式，於是米介決定參加。

那是個風大的夜晚。幸好是滿月，夜路明亮，不需要提燈籠，地面清楚顯現米介的影子。

米介關好店門後才出發，所以很晚才到。才短短一天，眞不敢相信老先生已往生。不知他走的時候是否平靜，希望沒受苦。我是最後一個聽他胡言亂語的人嗎？

今晚，六太郎就站在昨天下女出來迎接的後門口，接待前來守靈的客人。強勁的夜風吹拂著他的衣袖，遠遠看見米介，便恭敬地行一禮。米介回了一禮，加快腳步想走近。

忽然，側面一道強風襲來，米介抬起手，腳下一陣踉蹌。衣襬纏住了腳，鞋子差點脫落。

「哎呀，好強的風。」

是啊——米介應著，一邊抓住六太郎伸出的手臂，重新穩住身子，這時，他為了避風而低下頭，不經意望向地面。

頭頂明月高懸，灑滿一地銀光。

米介落向地面的影子，以奇怪的姿勢抓著某人。不，不對，姿勢顯得奇怪，是因為看不到一旁六太郎的影子。

六太郎沒有影子。

米介馬上抬起頭，正巧與六太郎四目交接。

——要佯裝什麼都不知道。

「來，請往這邊走。」

六太郎臉上掛著微笑，沉穩地為米介帶路。米介感覺剛才六太郎攙扶他時，抓向他上臂的手心，似乎滿是溼汗。

小河屋的掌櫃松兵衛，據說死時表情痛苦。周遭的人們都不禁感嘆，水腫實在可怕。

柳橋的人力仲介店主米介，年輕時離家出走，過著放浪的生活，最後在五年前返回老家，繼承父親死後的家業，行徑特異。那段放浪的歲月，算是不太光采的過去，他本人卻是意想不到地穩重，做事認眞，周遭的人都給予不錯的評價。

然而，米介最近神情怪異，說在找尋父親留下的書信文件，幾乎翻遍整個屋子，還把和父親熟識的房屋管理人找來，詢問是否記得以前的事。「以前的事，指的是什麼？」「不，家父是否說過什麼奇怪的話？」「所謂奇怪的話，指的是哪一種？」「這不能說，說出來很可怕。」

附近居民暗想，米介該不會瘋了吧？他是從什麼時候變這樣？對了，自從小河屋的掌櫃去世後，他就意志消沉，一臉懊惱地返回家中，之後就變成這副德性。

米介惹來人們的竊竊私語，還是忙著在家中翻找。接著，在小河屋的松兵衛死後的第十六天，他失去蹤影。

又過了三天，米介慘不忍睹的屍體，漂浮在淺草御家的四番堀運河上。

屍體傷痕纍纍，查不出死因。他全身大小傷痕無數，似乎全是遭魚兒啃咬所致。兩顆眼珠不見，不知爲何，衣袖塞擠滿了河蜆。

由於這個緣故，好一段時間，原本價格高出一般河蜆四、五倍的御藏蜆，慘跌一半以上。

不僅如此，最糟的是，米介過去很常購買御藏蜆，甚至傳聞他是大啖河蜆，才會遭河蜆的怨念咒殺。

食米而生　殺敵復仇　偉哉河蜆　著實可畏

御藏的牆上，常有人如此塗鴉提字。

這一帶的魚販拜御藏蜆之賜，往往能賺進大筆銀兩，如今卻是一片愁雲慘霧。他們聚在一起擬定對策。

最後，他們決定在有八個御藏的第四條橫向運河，也就是米介喪命的運河旁，立上一塊河蜆外形的岩石，並建造一座小祠堂，當蜆塚來膜拜。

從那之後，御藏蜆終於恢復原本的價格。據當地人所言，從明治維新到明治末期（一八六八～一九一二年），這座小小的蜆塚一直都有町人前來膜拜。即使御藏沒了，再也沒有白米掉入河中，這裡的河蜆變得與其他地方沒什麼兩樣，這個傳說還是會流傳下去吧。

一名住在淺草鳥越町，今年八十八歲的老翁，小時候從他在馬車行工作的父親那裡，聽過這個故事。

「那故事是人們編出來的。否則，那位叫米介的死者，他心裡的想法怎會出現在故事裡？我原本是這麼認爲，一點都不覺得可怕，不過……」

當時，老翁的父親有個老相好。她是酒館的女侍，長得美豔絕倫，左頰有顆醒目的哭痣。兩人有多年的情誼，女子也相當疼愛還年幼的老翁，但不久後，老翁的母親得知丈夫與女子之間的地下戀情，於是父親就此和女子斷絕關係。

「我爹在七十歲那年逝世……」老翁說：「那名女子在守靈當晚前來。她是個大美人，所以我不可能忘記。臉上一樣有那顆哭痣，容貌完全沒變，她見到我，朝我嫣然一笑。自我出娘胎到現在，從沒像那樣嚇得渾身寒毛直豎，於是我想起孩提時聽過的故事。」

那天晚上是陰天，月亮沒露臉，所以沒能仔細確認女子的腳下有沒有影子。

「看來，還是要佯裝什麼都不知道比較好。」老翁道。

解說

《怪》：跨越時間與空間構成的障壁，讓妖異與現實並俱的霧氣就此瀰漫眼前

Waiting

（本文涉及故事重要情節，未讀正文者請慎入）

談起宮部美幸，大多數的印象，仍在於她的作品類型不管是推理、科幻、奇幻或冒險，都會在故事中散發出一股溫暖之情。有時，這樣的暖意可能會隱藏在哀傷、失落、無奈等不同的情緒下，但那樣的溫度，卻也總能透過字裡行間，確實地朝讀者心中流淌而去。

至於這本《怪》，雖然乍看是頗爲正統的恐怖怪談集，但除了在部分短篇裡有著極爲明顯的溫柔安排以外，就連一些令人寒毛直豎的故事裡，也透過了像是善惡有報這類天理昭彰式的安排，因而多少使讀者感到撫慰般的溫暖。

不過，《怪》的特別之處還不僅於此。

雖然本書的故事均發生於江戶時代，但知名文學評論家東雅夫在《怪》日文版的解說中，曾指出本作其實具有西歐怪談小說的元素，因此使這些短篇在看似古典的日式風格中，就這麼悄然混入了屬於異國的隱約色彩。

除此之外，一向擅長在時代小說裡展現過往庶民生活細節的宮部，也在本書中利用了巧妙的背

景安排，使故事得以向讀者傳達出不受時間限制的聯想，將相當程度的現代感注入到古典怪談之中，再行增添了這部短篇集的獨特之處。

有趣的是，宮部在此爲怪談注入的現代感，還讓人聯想到了她十分喜愛的作家，也就是有恐怖小說之王美稱的史蒂芬・金。

宮部曾公開表示，自從她十五歲讀了金的處女作《魔女嘉莉》後，一直很喜歡他的著作，甚至將其視爲「神一般的存在」。也因爲這樣，在她的不少小說中，都能看到金氏作品對她的影響。像是《十字火焰》，便有著金一八九一年作品《燃燒的凝視》的明確影子；奇幻小說《勇者物語》，則在設定上與《魔符》有不少相似之處。而當宮部提及自己的《龍眠》時，更直接言明這本拿下日本推理作家協會獎的小說，不僅受到了《牠》與《死亡禁地》的影響，連她在寫作本書時，也是抱持一種正在「扮演」史蒂芬・金的心態下筆，因而寫得十分開心。

從這樣的角度來看，宮部與金的作品除了上述提及的故事設定外，確實有著一些更爲根本的相似之處。舉例來說，兩人的作品都喜愛以一般平民百姓的角度爲出發點，透過故事展現出當代的社會光景，以及他們留意到的各種問題。甚至就連溫柔的創作本質，也有著一種隱約互通的感覺。

或許因爲如此，收錄於《怪》一書的作品，確實正如前述所說，在看似符合日本古典怪談路線的同時，卻同樣被賦予更加現代的社會觀察角度，其中有不少與「工作」這件事息息相關，藉由一些直至今日仍屢屢發生的問題，使這些怪談既符合故事的江戶時代背景，卻也跨越了時代，讓處於現代的我們照樣被激起共鳴。

像是全書開首的〈打盹殉情〉，便透過少東家玩弄女侍感情的這類典型故事，以恐怖元素表現出報應不爽的道德觀點。至於結局那個房子外表富麗堂皇，內在卻早已腐朽不堪的安排，則讓人更直接地感受到其中的暗示，清楚這樣的狀況直至今日，同樣未曾間斷地藏匿在社會階級的表面之下。

至於採用第一人稱問答形式撰寫的〈影牢〉，是一場由於家族權力鬥爭導致的人倫悲劇，同時與〈打盹殉情〉有著情節上的呼應之處。値得一提的是，雖然本篇的寫作方式在日本推理或恐怖小說中頗爲常見，但那種回首往事的敘事特質，以及情節內的部分元素，則與史蒂芬·金運用相同手法寫就的《桃樂絲的祕密》有所呼應，同樣爲讀者帶來了一種由於出自良善，才更顯哀傷與無奈的感觸。

接下來的〈棉被房〉與〈天降梅花雨〉，則在隱喻方面更具現代特質。在〈棉被房〉中，故事以代代相傳的家族詛咒爲起點，後來卻發展爲人在工作中失去自我的黑色寓言。就連詛咒的眞相，都使人聯想到相關職場陋習的不斷傳承。於是，故事結局除了展現出動人的姊妹之情，也成爲了有時勇於離開，才能獲得拯救的暗喻。至於以不同角度表現手足之情的〈天降梅花雨〉，除了是一個與罪惡感有關的故事外，更展現出女性求職時可能遭遇的困境，讓結局縱使賜予了角色解脫，仍令人不勝唏噓。

到了後面的三則短篇，宮部則以人性之光稍加驅趕那股陰寒之氣，先是在〈安達家的妖怪〉中描述了人類與妖怪相濡以沫的動人故事，接著以〈女人頭〉這篇具有《桃太郎》般古典童話元素的鄉野奇談，讓我們感受到一股和煦暖意。至於隨後的〈陣雨惡鬼〉，雖然那股寒氣又隨著雨勢漫回，卻讓我們隱約窺見惡鬼那難以回頭的無奈，以及尚存心中的一絲良知。

此外，如果你是宮部的忠實書迷，可能還會在〈陣雨惡鬼〉裡，發現曾於「糊塗蟲系列」中登場的「政五郎」這個名字。到了接下來的〈灰神樂〉，她更讓身為捕快的政五郎直接擔任主角。不過值得注意的是，〈灰神樂〉的故事留下許多未有解釋的空白，如果單就本篇來看，像是在訴說著人世間原本就有許多無法解答之謎，使得這則故事確實更貼近流傳於眾人口中的怪談風格。不過，如果你仍不滿足，還是想知道故事眞相，那麼一切的來龍去脈，會在宮部於《怪》隔年推出的短篇集《附身》中的〈阿文的影子〉一篇裡揭曉，有興趣的人不妨另行找來一讀。

至於全書最後一篇的〈蜆塚〉，則是東雅夫對於本書見解中最為顯著的一篇，具有十分經典的西歐怪談元素，令人聯想到出版於一八七二年，由愛爾蘭作家雪利登·拉芬努撰寫的經典吸血鬼短篇〈女吸血鬼卡蜜拉〉。只是，宮部在〈蜆塚〉中，透過更庶民化的角度來展演這個世人不應探究的恐怖故事，最終巧妙地為典型的吸血鬼元素，成功披上了一件屬於日本怪談的簑衣。

在宮部的巧思下，以上的這些短篇，均巧妙融合不同元素，使得《怪》雖然描繪的是江戶時期的恐怖故事，卻維持了針對現代讀者打造的對話情境，因而突破了空間與時間構成的障壁，成為了唯有宮部才能寫出的怪談物語，在字裡行間中營造出一股妖異與現實並俱的淡淡霧氣，就這麼揮之不去地，飄浮在你望向文字的小小一方虛空之中。

或許，你如何看待這本作品，正與你如何看待世界有關。你認為這本怪談集是否寫實，端看你更重視事件的清晰脈絡，還是身處霧中的書內人物。只是，人心原本就是一種不解之謎，既能散發出豔陽般的熱，也能透出冰獄似的寒。

而這既屬眞實，卻也因其難解，在宮部筆下就這麼成了一種絲毫不亞於魑魅魍魎，如此難以言喻的，怪。

作者簡介

Waiting

本名劉韋廷，曾獲某文學獎，譯有某些小說，曾爲某流行媒體總編輯，近日常以「出前一廷」之名於部分媒體撰寫電影相關文章。個人ＦＢ粉絲頁：史蒂芬金銀銅鐵席格

宮部美幸

作品集 / 67
Miyabe Miyuki

怪

國家圖書館出版品預行編目資料

怪 / 宮部美幸著 ; 高詹燦譯. - 初版.- 臺北市：獨步文化：家庭傳媒城邦分公司發行, 民 109.04
面； 公分. --（宮部美幸作品集：67）
譯自：あやし
ISBN 978-957-9447-68-3（平裝）

861.57 109003031

原著書名 / あやし・作者 / 宮部美幸・翻譯 / 高詹燦・責任編輯 / 陳盈竹・行銷業務部 / 徐慧芬、陳紫晴・編輯總監 / 劉麗眞・總經理 / 陳逸瑛・榮譽社長 / 詹宏志・發行人 / 凃玉雲・出版 / 獨步文化 城邦文化事業股份有限公司 台北市中山區104民生東路二段 141 號 5 樓 電話 / (02) 2500-7696 傳眞 / (02) 2500-1966; 2500-1967・發行 / 英屬蓋曼群島商家庭傳媒股份有限公司城邦分公司 台北市中山區民生東路二段 141 號 11 樓・讀者服務專線 / (02)2500-7718; 2500-7719・服務時間 / 週一至週五：09：30-12：00、13：30-17：00・24 小時傳眞服務 / (02)2500-1990; 2500-1991・讀者服務信箱 e-mail / service@readingclub.com.tw・劃撥帳號 / 19863813 書虫股份有限公司・香港發行所 / 城邦（香港）出版集團有限公司 香港灣仔駱克道 193 號東超商業中心 1 樓 / (852) 25086231 傳眞 / (852) 25789337 E-mail / hkcite@biznetvigator.com 馬新發行所 / 城邦（馬新）出版集團 Cite (M) Sdn. Bhd. 41, Jalan Radin Anum, Bandar Baru Sri Petaling,57000 Kuala Lumpur, Malaysia. 電話 / (603) 90578822 傳眞 / (603) 90576622・封面設計 / 蕭旭芳・排版 / 游淑萍・印刷 / 中原造像股份有限公司・2020 年4月初版・2020 年12月14日初版三刷・定價 / 340 元
Printed in Taiwan ISBN 978-957-9447-68-3

獨步文化
APEX PRESS

廣　告　回　函
北區郵政管理登記證
台北廣字第000791號
郵資已付，免貼郵票

104台北市民生東路二段 141 號 2 樓

英屬蓋曼群島商家庭傳媒股份有限公司

城邦分公司

請沿虛線對摺，謝謝！

獨步文化
APEX PRESS

書號：1UA067	書名：怪	編碼：

請於此處用膠水黏貼

獨步文化 APEXPRESS

讀者回函卡

謝謝您購買我們出版的書籍！

請費心填寫此回函卡，我們將不定期寄上城邦集團最新的出版訊息。

姓名：＿＿＿＿＿＿＿＿＿＿　性別：□男　□女

生日：西元＿＿＿＿年＿＿＿＿月＿＿＿＿日

地址：＿＿＿＿＿＿＿＿＿＿

聯絡電話：＿＿＿＿＿＿＿＿　傳真：＿＿＿＿＿＿＿＿

E-mail：＿＿＿＿＿＿＿＿＿＿

學歷：□1.小學　□2.國中　□3.高中　□4.大專　□5.研究所以上

職業：□1.學生　□2.軍公教　□3.服務　□4.金融　□5.製造　□6.資訊

□7.傳播　□8.自由業　□9.農漁牧　□10.家管　□11.退休

□12.其他＿＿＿＿＿＿＿＿

您從何種方式得知本書消息？

□1.書店　□2.網路　□3.報紙　□4.雜誌　□5.廣播　□6.電視

□7.親友推薦　□8.其他＿＿＿＿＿＿＿＿

您通常以何種方式購書？

□1.書店　□2.網路　□3.傳真訂購　□4.郵局劃撥　□5.其他

您喜歡閱讀哪些類別的書籍？

□1.財經商業　□2.自然科學　□3.歷史　□4.法律　□5.文學

□6.休閒旅遊　□7.小說　□8.人物傳記　□9.生活、勵志　□10.其他

對我們的建議：＿＿＿＿＿＿＿＿＿＿

＿＿＿＿＿＿＿＿＿＿

＿＿＿＿＿＿＿＿＿＿

為提供訂購、行銷、客戶管理或其他合於營業登記項目或章程所定業務需要之目的，家庭傳媒集團（即英屬蓋曼群島商家庭傳媒股份有限公司城邦分公司、城邦文化事業股份有限公司、書虫股份有限公司、墨刻出版股份有限公司、城邦原創股份有限公司），於本集團之營運期間及地區內，將以mail、傳真、電話、簡訊、郵寄或其他公告方式利用您提供之資料（資料類別：C001、C002、C003、C011等）。利用對象除本集團外，亦可能包括相關服務的協力機構。如您有依個資法第三條或其他需服務之處，得洽詢本公司服務信箱cite_apexpress@cite.com.tw請求協助。相關資料不提供亦不影響您的權益。

□我已詳讀權利義務之相關條款，並同意遵守。

請於此處用膠水黏貼

宮部みゆき